일상의 낱말들

닮은 듯 다른
우리의 이야기를 시작하는
열여섯 가지 단어

似ているようで違う
わたしたちの物語の幕を開ける
16の単語

日常の言葉たち

著　キム・ウォニョン
キム・ソヨン
イギル・ボラ
チェ・テギュ

訳　牧野美加

はじめに

こんにちは。舞台公演をし、ものを書き、弁護士として働くキム・ウォニョンです。この本に収められている文章は、わたしたちの身近にある物や経験を表す「言葉」からスタートしています。自分の生き方はこれでいいのかと漠然と悩んでいたわたしは、些細な言葉たちが、実は、二本の腕を持ち上げてわたしを支えてくれている小さな柱の名前であることを確認できて、うれしく思いました。ここに登場する「言葉」たちは自分で選んだものではないので、おかげで、日常のあちこちに隠れている小さな物や、ありふれているけれど実は貴重な経験に注意を傾けることができました。もし「『ご飯』というテーマで、あなたの日常について聞かせてください！」という提案がなかったら、炊飯器でご飯が炊きあがるときのあの匂いや音がわたしの日常を支えてくれていることにも気がつかなかったでしょう。もし自分で「言葉」を選んでいたら、きっと、日常的に使っている「車椅子」や「エレベーター」を選択していたと思います。それらも大事だけれど、ご飯のほうがもっと大事だという事実に気づかないまま。読者のみなさんも、この本で提示されている言葉で短い文章を書いてみてください。その言葉から紡ぎ出されるみなさんの日常の物語を、みなさん自身も楽しく読めると思いますよ。

キム・ウォニョン

こんにちは。子どもたちと一緒に本を読むキム・ソヨンです。近所のスーパーで幼い買い物客を見かけました。小学校に上がったか上がらないかくらいの小さな子どもです。真剣な顔で豆腐を選んでいました。お菓子売り場ではチョコレートを手に取りました。別のお菓子も欲しいのに両手が塞がっていて取れない様子です。一人で来ているようなので手伝ってあげようかと迷っていると、先ほどからわたしと同じようにその子を見守っていた従業員の一人が買い物かごを持っていってあげました。周囲を見回すと、三、四人ほどの従業員がそれぞれ自分の仕事をしながらその子の様子をチラチラうかがっていました。レジ係は普段はちょっと愛想のない人なのですが、その日腰をかがめて「会員番号はある?」と確認している声はとても優しく聞こえました。会計に使ったカードをその子がポケットに入れファスナーを閉めるところまで確認していきました。その子は、外で待たせていた犬を連れて帰っていきました。ほんのひとときでしたが、みんな同じ気持ちだったと思います。「がんばれ、ちびっこ！」
子どもに親切に接するのは、何も特別なことではないのだと思いました。子どもを見守り手助けしてあげるのは、日常の中で誰にでもできることなのだと。もちろん、まずは子どもの存在を認識しなければなりません。この本に登場する「言葉」たちのおかげで、子どもがどこに、どのように存在しているのか、あらためて考えてみることができました。みなさんのそばにいる子どもは、どんな姿をしているでしょうか。

キム・ソヨン

こんにちは。ものを書き、映画を作るイギル・ボラです。わたしは、唇の代わりに手で話し、愛し、悲しむ、ろう者である両親のもとに生まれ育ちました。両親とは違い、音を聞くことのできる聴者として、です。両親からはしっかり見る方法を教わり、世の中からはしっかり聞く方法を学びました。唇ではなく手話で喃語《なんご》を発し、のちに「聞き、話す」ようになったわたしにとって、日常は少し違う感覚で繰り広げられます。見えないものまでより広く見て、聞こえないものまでより深く聞きます。目で聞き、耳で見る、とでも言いましょうか。拡張された感覚で日常を捉えるのです。使い慣れた言葉を新たに発見していく過程は物語になります。両腕を持ち上げて手をきらめかせる手話の拍手の音で、あなたを日常の言葉たちの世界へと招待します。

イギル・ボラ

こんにちは。動物福祉を研究している獣医のチェ・テギュです。日常生活においてであれ、画面越しであれ、わたしたちは以前より多くの動物と出会う世界に生きています。ほんの数十年前まで、わたしたちの出会う動物といえば、食べるために飼育しているものか、自然の中を飛んだり這ったりしているものだけだったのに。いま、日常で出会う動物たちは、わたしたちの世話を待つ存在になりました。物質的に豊かになった人間は、自分たちが動物にどのような態度で接するべきか、いま模索しているところです。それが、わたしが動物福祉を研究している理由です。動物にとって何が必要なのかわかっていてこそ、世話する人たちの優しい気持ちが動物に届くと思うので。新たに何かを学ぶのは時に面倒で厄介なことでもありますが、愛というのは、自分がしてあげたいことをしてあげるのではなく、相手の望むことをしてあげることだと思うのです。そして、愛は勝つということ、ご存じですよね?

チェ・テギュ

それぞれの日常を悩み、楽しみながら生きていたわたしたち四人は、ラジオのプロデューサー、アン・スヨンさんのおかげでこうして集うことができました。自分たちの日常を理解し省察するきっかけを作ってくれた本書の「言葉」たちも、アン・スヨンさんが提示してくれたものです。著者一同、心から感謝いたします。そして、わたしたちの文章を一冊の立派な本に仕上げてくれた四季節《サゲジョル》出版社の編集者イ・ジンさんやデザイナーのキム・ヒョジンさんをはじめ、編集チームのみなさん、言葉ではすくいきれなかった瞬間をカメラで捉えてくれた写真作家のイ・ジヤンさんにも感謝いたします。

目次

一つの「言葉」につき、キム・ウォニョン、キム・ソヨン、イギル・ボラ、チェ・テギュの順に文章が掲載されています。

2部　ささやく物たち　107

3部　動く心　207

4部　静かに流れる時間

●本文中、著者による注釈は（　）および※、訳注は〈　〉で示した。
●韓国では年齢を数え年で記すのが一般的だが、訳文では満年齢で記した（原書刊行後である二〇二三年六月に「満年齢統一法」が施行され、原則として、数え年ではなく満年齢を使用するよう統一された）。

1部

繰り返されるリズム

반복되는 리듬

커피

コーヒー

缶コーヒーは戦闘食糧

キム・ウォニョン

大学生のとき、大学近くにスターバックスがオープンしました。各種流行からはかなり遅れているエリアだったので、それはつまり、三〇〇〇ウォン以上するアメリカーノを飲む人がソウル全域でそれだけ増えたことを意味していました。そういう変化の中でも、わたしはしばらくのあいだ缶コーヒーに固執していました。冬のさなか、自販機に硬貨を入れ、「ゴトン」とどこからか落ちてくる熱い缶を手に持つと、冬もそれなりに暖かく感じられたものです。

缶コーヒーをよく飲んでいたのは、実は、持ち歩きができるからでした。車椅子に乗っているわたしは、コップになみなみと入った熱いアメリカーノを手に持って自由に移動することができません。両手の自由は、人類文明の条件であるのみならず、アメリカーノの条件でもあったのです。

大学で、アメリカーノを片手に、素敵なマフラーを巻いて講義室に入ってきて、優雅に席につく学生たちは本当にカッコよく見えました。わたしは、かばんから缶コーヒーをもぞもぞと取り出して飲むしかありませんでした。決まり事が多くピリピリした雰囲気で有名な法学部の図書館で勉強していたころ、ドアの前に貼られていたメモにギクリとした理由もコーヒーでした。そこには「缶は静かに開けてください」と書かれていたのです（いや、それなら家で一人で勉強したほうが……）。

タンブラーを使いだしてからはついに、家で淹れたドリップコーヒーやカフェで買ったものをタンブラーに入れて持ち歩くようになりました。口が広くて洗いやすく、保温機能の優れたものを選びました。プラスチックごみに対する真剣な問題意識から使うようになったわけではありません。わたしは、もしカフェで、密閉できるプラスチック容器にコーヒーを入れてくれたなら、喜んでそれを使っていたはずの人間です。最近、プラスチックの使用量を減らそうと努力している人が増えましたよね。誰かと一緒にカフェでコーヒーを飲むと、「あ、ウォニョンさんはいつもタンブラーを持ち歩いているんですね」と言われることがあります。なんともバツが悪いのですが、両手が自由でないというわたしの条件が、意図はともかくとして、小さな実践につながったわけです。

一五〇〇年以上も前、現在のエチオピアあたりに暮らしていたオロモ族は、敵対していたポンガ族との戦いを前に、コーヒー豆を食べて戦意を高揚させたといいます。※ 飲み物の自販機をなんとか探し出し、まるでバッテリーを携行するように缶コーヒーをかばんに放り込んでいた大学時代、わたしの気持ちも戦闘前のそれに近かったと思います。実際、当時は大半の時間が一種の戦闘でした。アメリカーノを片手に持ち、マフラーを巻いた、スムーズに直立歩行する、聡明で自由な学生たちに遅れを取るわけにいきませんでした。カフェインを注入して全身を覚醒させ、「普通の」大学生たちのように、学内の掲示板に張り出されている各種サークルや学会、ゼミなどの情報をチェックしていました。

やっぱり障害者の人権のための活動をするべきじゃないか？　家が経済的に苦しいから、まずは就職の準備をしよう。留学したいんだけど。英語がうまくなりたい。中国語が大事だって聞いたけど。フランスの哲学者の本をフランス語で読みたい。

わたしは不安なあまり、無理やり覚醒させた注意力をひとところに集中させることができませんでした。

マフラーを巻きコーヒーを片手に持ったカッコいい学生たちの中でも、ひときわ優雅だったある学生のことが思い出されます。授業時間に声をかけたほどですが、そんなことをしたのは後にも先にもそのときだけです。彼女はいつもアメリカーノを手に最前列に一人で座り、姿勢を崩さずに授業を聴き、鋭い質問を投げかけていました。ある日、いつものように右往左往、目の前にある無数のチャンスと不安のはざまで注意を集中できないままさまよっていたわたしは、図書館の通路でばったり彼女に出くわしました。わたしたちは互いに、何の勉強をしているのか尋ね合ったのですが、彼女は『プルターク英雄伝』を読んでいるところだと答えたのです。二〇〇〇年代半ば、各大学の図書館の閲覧室はすでに、司法試験や国家試験を目指す人たちが一心不乱に勉強する予備校と変わりませんでした。そんな雰囲気の中、古代ギリシャの歴史家の書いた古典を学部の二年生が平日の昼間に図書館の閲覧室で読んでいるだと？　そんじょそこらにはいない、すごい人だな、と思いました。それから一五年ほどが過ぎ、偶然その人の名前をインターネットで見かけました。彼女は古代ギリシャとローマに関する卓越した研究者になっていました。

いまもわたしは「戦闘」に臨む気持ちでコーヒーを注入し、あの分野、この分野と慌ただしい日々を過ごしています。一生大切にしたい対象や生涯を捧げたい夢のために一定のリズムを根気強く繰り返しながら、濃く温かいコーヒーをリズムに合わせてゆっくりと楽しむような日は、まだ訪れていません。けれど、砂糖がどっさり入った缶コーヒーを飲むしかなかった時期はもう過ぎ去ったので、これからの日々、どんなコーヒーを飲むことになるのか期待を抱いてみます。

※　スチュワート・リー・アレン著、イ・チャンシン訳、『コーヒー見聞録』、イマゴ、二〇〇五、二九〜三〇ページ〈原書『The Devil's Cup』〉

複雑だから楽しいこと

キム・ソヨン

慣れない空間に足を踏み入れるときは誰でも緊張するものです。読書教室に初めてやってきた子どもたちもそうです。好奇心半分、不安半分の顔で席につきます。当然、わたしも緊張します。何をどういう順番で話すか頭の中で決めておきますが、そのとおりにいくことはめったにありません。緊張のあまりお互いにしゃべりすぎることもあれば、子どもがまるで「今日は何があっても一言も話さないぞ」と決心でもしたかのように固く口を閉ざしていて、困ってしまうこともあります。

とにかく、お客さんを招待したからには、雰囲気作りはわたしの役目です。そんなとき、コーヒーが子どもとわたしをつないでくれます。もちろん、子どもにコーヒーを振る舞うわけではありません。変な言い方ですが、コーヒーはわたしが自分に振る舞うのです。

まず子どもに「先生はコーヒーを一杯飲むんだけど、〇〇ちゃんは何を飲む？」と尋ねます。ココアや柚子茶、ジュースなどの中から選んでもらいます。子どもに飲み物を出したら、わたしもコーヒーの準備に取り掛かります。やかんでお湯を沸かしているあいだに、棚からあれこれ取り出してテーブルに並べます。コーヒー豆や、豆を挽くミル、陶磁器製のドリッパー、紙のフィルター、注ぎ口の長いドリップポット、マグカップ。準備ができたら、いまからわたしが何をするのか子どもに説明してあげます。子どもの目が輝きます。その様子を見ると、この時間が楽しいひとときになりそうだという期待が生まれます。わたしにとっても、おそらく子どもにとっても。

一番重要な部分はコーヒー豆を挽くところです。ガリガリガリガリと音を立てながら、手動でガリガリガリ、と豆を挽きます。子どもはもはや目を輝かすどころの話ではなく、こちらに身を乗り出してきます。わたしは電動ミルも持っていますが、子どもの前では必ず、取っ手のついた、やや古びたミルを使ってガリガリガリと豆を挽きます。子どもがそわそわと腰を浮かせるころ、取っ手を子どものほうに向けて聞いてみます。

「〇〇ちゃんも一回やってみる？」

これまでに頭を振った子は一人もいません。

「思ったより疲れる」

「回してるうちに、だんだんうまくなってきた」

「前にもおばさんちでやったことあるよ」

子どもの声から、緊張が少し解けたのが感じられます。

蒸らしのあとゆっくり湯を注ぎ、コーヒーの粉が膨らんでくる様子を、子どもと頭を突き合わせて見つめます。コーヒーがちょろちょろと落ちてくる様子がよく見えるよう、マグカップは必ず透明のものを用意します。「うわー」と言う子もいれば、「わかった。これ、上に穴が開いてて、そこから落ちてくるんでしょ？」と言う子や、「すごく濃い匂いだね」と言う子もいます。よくある質問はこれです。

「スティックのコーヒーもあるのに、先生はどうしてわざわざこんなことして飲むんですか？」

わたしが待っていた質問です。

「そのコーヒーも好きだけど、先生はこうやって飲むほうが好きなの。おもしろいから」

わたしが子どもの前で、それも初対面の子どもの前で、ぎこちない手つきながらもコーヒーを淹れるのは、なんであれ好きなものがあれば面倒な過程も楽しく感じられることを示してあげたいからです。子どもにも言います。おもちゃを組み立てたり、ジグソーパズルをしたり、ゲームのレベルを上げたりするとき、複雑なほどおもしろいと感じることもあるでしょう、と。最初は不思議そうにしていた子も「なるほどね」という顔になります。そして自分だけの「複雑だから好きなもの」を話してくれます。わたしはコーヒーを前に、子どもの話に耳を傾けます。たいていは、大人たちに「なんでわざわざそんなことをするんだ」と突っ込まれるような、ちっぽけなことです。子どものそういうちょっとした部分を知ると、二度目に顔を合わせるときは準備もしやすくなります。コーヒーがわたしたちを近づけてくれるのです。

告白すると、コーヒーのハンドドリップ実演は、子どもたちにいいところを見せるための高度な戦略です。子どもと初めて顔を合わせる日は、朝からコーヒーを飲みたくてもぐっと我慢して、読書教室の時間まで待ちます。「先生はコーヒーを一杯飲むんだけど」からして仕込まれた台詞というわけです。必要な道具を取り出しているわたしを子どもがじっと見つめていることは、気づいていても知らないふりをします。子どもにとっては目新しく、それらしく見えることを、いかにも手慣れた様子でこなす大人に見られたいからです。その日の一杯目のコーヒーなので、一口飲むと、熱い湯船に浸かったときのような気分になりますが、実際に嘆声《たんせい》を漏らさないよう気をつけます。リラックスしすぎてはいけませんから。

もちろん、わたしがコーヒーが好きだというのは作り話ではありません。ただ、毎日手で豆を挽いて飲むほどではありません。家の前のカフェのアメリカーノは二五〇〇ウォン、安くておいしいので買って飲むことも多いです。授業の多い日に合間に飲むのは、ティースプーンに山盛り入れて作るインスタントのコーヒーです。コーヒー一杯、砂糖二杯、粉末クリーム三杯。飲むとぐっと力が湧きます。その力で今日も子どもたちを迎えます。

鼻血とコーヒー

イギル・ボラ

わたしは、ある単語や文章、表現に接したとき、顔の表情や手を動かしながら考えることがあります。イヤホンをして歌を聴いている途中、手で一緒に歌ったりもします。ときどき手話で独り言を言ったり、手で数字を数えたりもします。わたしは手話言語、手話を母語とするコーダです。コーダ（CODA）は「Children of Deaf Adults」の略語で、ろう者を親に持つ子どもを指す言葉です。

わたしが母から学んだ第一言語である手話で「コーヒー」はどう表現するでしょうか？「コーヒー」は外来語です。「coffee」という英単語を韓国では「커피（コピ）」と言います。軽く持ち上げた下唇と上の歯の隙間から息を吐きながら出す音「f」を、ハングルでは「ㅍ」〈pに相当する子音〉と表記します。韓国語の表記法で「coffee」は、本来の発音とは少し異なる

「커피《コピ》」となるのです。

コーヒーが韓国に最初に入ってきたときのことを想像してみます。音声言語を使う聴者も、手話を使うろう者も、この黒い液体はいったいなんだろうと思ったことでしょう。なかには、コーヒーなるものを飲んだことのある人もいたでしょうが、飲んだことのない人が大半だったはずです。新聞記事や喫茶店のメニューに書いてある「커피《コピ》」という文字を通して、外国から入ってきたその飲み物に初めて触れたわけです。

「커피？　커피ってなんだ？」

ろう者たちは不思議がります。「커《コ》」と「피《ピ》」からなる言葉はいったい何を指しているのだろうと首をひねります。

「피〈血の意〉？　けがをしたときに出る赤い血のことか？」

「じゃあ커はなんだよ？」

そこまで話すと、今度は手を動かして指文字で「커피」という単語を表してみます。

ㅋ、ㅓ、ㅍ、ㅣ
「ㅋ〈kに相当する子音〉」を表す指文字と「ㅓ〈oに相当する母音〉」の指文字、「ㅍ」の指文字、「ㅣ〈iに相当する母音〉」の指文字からなる単語です。指文字とは、ハングルの子音と母音を手や指の形で表現する文字のことです。英語ではフィンガースペリング（fingerspelling）と言います。

커피という単語を手で表します。

「커《コ》、피《ピ》、커《コ》피《ピ》、코《コ》피《ピ》？」

そのうち、綴りの似た単語「코피」〈鼻血の意〉が話に登場します。「커피《コピ》（コーヒー）」を注文したら「코피《コピ》（鼻血）」が出てくるということか？　どうして「커피」は「코피」と綴りが似ているのだろう？　コーヒーと鼻血の関連性について考えを巡らせます。

手話で「코피」という単語は、人差し指で鼻〈코〉を軽く二回叩いたあと、鼻血がたらりと垂れる様子を表現します。ですが、いくら綴りが似ているとはいえ「커피」をそれと同じ手話で表したら、「코피」なのか「커피」なのかわかりませんよね。そのため補足説明をします。左手を輪にしてコーヒーカップを作ったあと、先ほどの人差し指でカップの中をかき混ぜます。砂糖や牛乳を入れてティースプーンやスティックで混ぜるように。「お茶」を表す手話です。

「鼻血」と「お茶」を組み合わせた手話は、どうも鼻血をかき混ぜて飲むみたいで気味が悪いです。なので、鼻血が垂れる動作は省略します。すると、鼻をトンと二回叩いたあとカップの中をかき混ぜる形になりますね。動画やイラスト、文字で韓国手話の単語を紹介する「韓国手話辞典」では、「鼻」と「お茶」を組み合わせた手話が「コーヒー」であると説明されています。

母と父は、手話で「ボラ、コーヒー入れて」と言うとき、げんこつで自分の鼻を殴って鼻血がポタポタ落ちる様子をリアルに表現しては笑ったものです。それを見ていると、コーヒーが飲みたいのやら、鼻血が飲みたいのやら、わからなくなってきます。「コーヒー」という手話単語が作られたときのことを想像するたびに若かりし母と父の姿が頭に浮かぶのは、その冗談のせいかもしれません。このように「커피」という手話単語は、「커피」という外来語が韓国に入ってき、綴りの似た「코피」あるいは「코」と出合い、さまざまな試みや変化を経て、現在のような形に定着したのでしょう。

ですが、すべての手話単語がそういうふうに作られるわけではありません。「コーヒー」は外来語なので既存の文字言語をもとに作られましたが、手話は視覚を基盤とする言語なので、おもに形態を模して作られます。「リンゴ」の手話単語は、軽く開いた左手に右の拳をあてがい、服でリンゴを磨くようにこする動作です。服でリンゴをキュッキュッと磨いて食べていた様子から作られたものです。右手と左手でそれぞれ「V」の字を作り、二本の指を閉じたり開いたりすると「カニ」になります。両手のハサミをチョキチョキ動かしながら横歩きまで表現すれば、一層リアルなカニになりますね。

手話単語は、形態を模して作られることもあれば、文字言語を借用したり変形したりすることもあり、また、それらとはまったく関係なく作られることもあります。視覚言語である手話は、固有の文法や語彙《ごい》、表現を持つ、一つの言語なのです。

このように、音声言語や文字言語ではない手話言語で世界を見ると、既存の世界は解体され、再構成されます。「コーヒー」という単語一つにも新たな観点が生まれます。「コーヒー」の手話単語はどうして、視覚的に「黒い水」と「お茶」を組み合わせたものでなく、「鼻」と「お茶」の合成語になったのか、「coffee」という英単語はろう者の世界にどのように入ってきたのか、新聞記事やメニューで「커피」という単語を目にしたろう者たちはどんな話を交わしたのか、勇気を出して注文したそのコーヒーはどんな味だったのか、想像してみます。「コーヒー」という手話単語から派生する数多くの物語を思い描いてみます。

わたしが手話の次に習得した言語は韓国語です。そこには音声言語と文字言語が含まれます。音声言語と文字言語で手話の世界を、手話で音声言語と文字言語の世界を説明します。それは、ろう者である両親のもとで育ったわたしが幾度となくおこなってきた通訳と翻訳の過程でもあり、同時に、まだ発掘されていない未知の物語を掘り起こす過程でもあります。文字言語で手話の世界について書き、音声言語で手話の世界について語り、同時に、手話で文字言語と音声言語の世界を表現する。それらはわたしにとって、いまなおワクワクすることなのです。

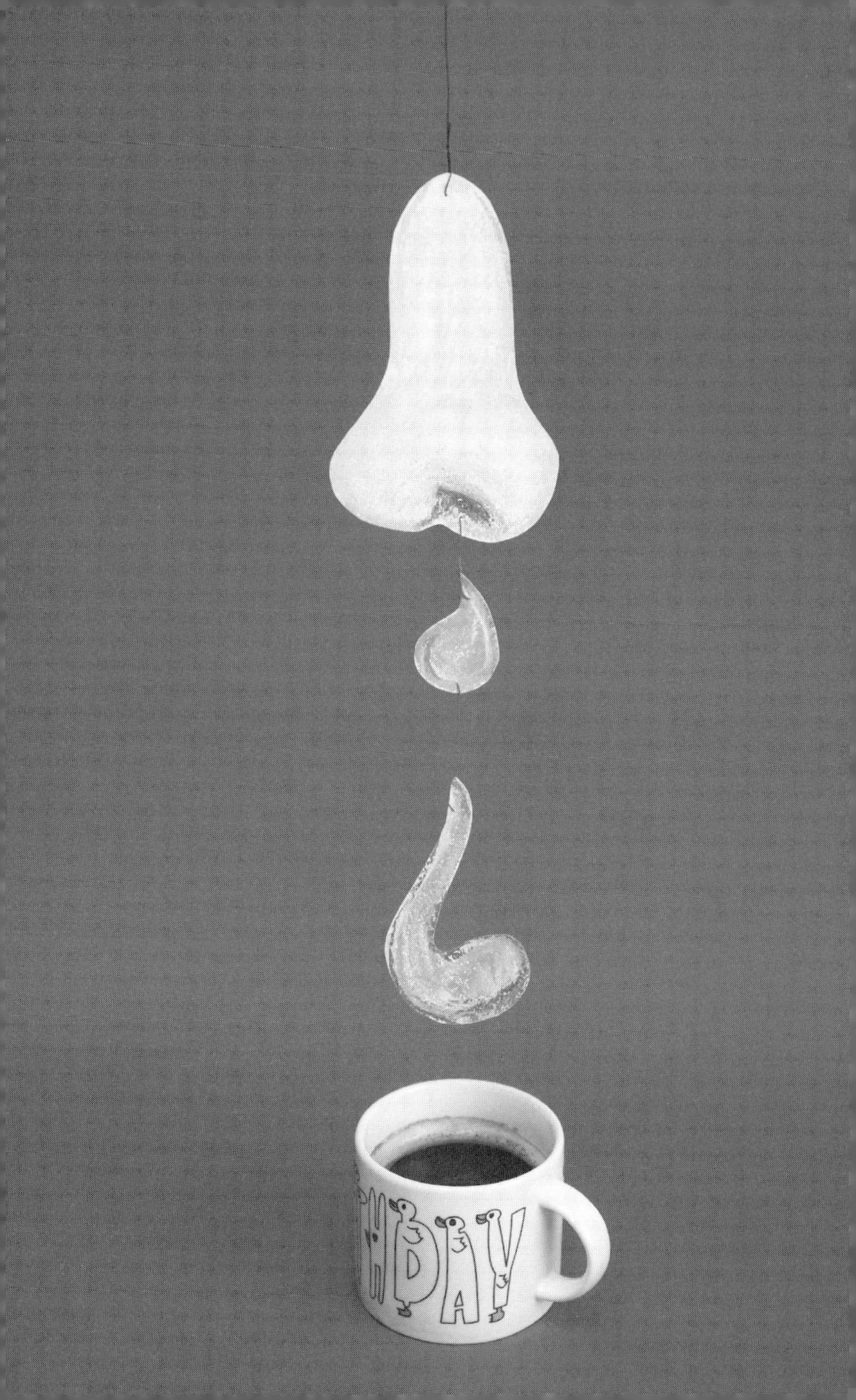
HDAY

動物が暮らすのに適したカフェなどありません

チェ・テギュ

コーヒーを買いに大学前のカフェに入ると、カフェというより勉強部屋のようなその雰囲気に、衣擦れの音にまで気を使うようになります。ノートパソコンを前に一人で仕事や勉強をしている人たちで静かににぎわうカフェで、いざ自分もその一人になってみると、なんだか落ち着かずコーヒーもゆっくり飲めません。そのため、多少遠くても、緑あふれるカフェに足を運ぶことが多くなります。カフェにいる時間くらいは自由に過ごしたいので。

ところで、それとは別に、わたしにとってもっとも耐えられないカフェが存在します。野生動物カフェです。オウムやアライグマなど一般的にかわいいとされる動物たちを放した店内で、客がコーヒーを飲むのです。当然、コーヒーを楽しむ余裕などありません。自然から引き離された動物たちは不健康そうな顔をして、四方にそびえる壁を探るように歩き回り、人々の視線は、どこから来たのかわからない色とりどりの動物たちに矢のように突き刺さっているからです。大学前のカフェが勉強部屋になったように、ソウル中心部では、動物園になってしまったカフェを見かけることがあります。

動物園の何が悪いんだ、という話は、またあとでします。灰色のコンクリートの建物にカフェを作るのもあまり愉快なことではありませんが、カフェの中に動物園まで押し込んだ空間なんて、わたしには嫌悪感しかありません。動物福祉の研究をしているので調査で訪れることもあるのですが、行くたびに、そこに遊びにきている人たちは野生動物をいったいなんだと思っているのかと、あ然とします。絵本や漫画を通して動物を知りはじめた子どもたちは、テレビから飛び出してきたような野生動物の姿に夢中になるでしょう。けれど、カフェで暮らす動物を見た子どもたちが、野生動物は所有したり売り買いしたりできるものなのだと考えるようになりはしないかと心配になります。

犬や猫などの家畜は、数千年から数万年かけて、人間の作った社会でともに暮らせるよう進化してきました。その過程を家畜化と呼びます。一日に一、二回散歩をし、窓辺で日の光を浴びることができれば、そして人間が十分に遊んでくれれば、彼らにとっては人間とともに暮らすのも悪くないのかもしれません。けれど野生動物は、人間とともに暮らせるよう進化していません。空を飛び、地面を掘り、空気中の匂いを嗅ぎながら暮らすように生まれた動物なのです。そういう動物を広大な自然からさらってきて、ただテーブルと椅子を何個か並べただけの、せいぜいキャットタワーをいくつか置いただけの、四方が塞がれたカフェに押し込めているのです。動物たちにとって、そうやって人間に一方的に世話をされるのはありがた迷惑なのです。

立場を変えて考えてみるのは大事ですが、好き勝手に変えると相手を誤解することになります。人間がコーヒーを飲みながら過ごすのにいい場所だからといって、野生動物が暮らすのに適した空間になるわけではありません。野生動物は、遺伝子の一つひとつに刻み込まれた行動欲求をもとに、自然の生態系の中で、環境と絶えず相互作用をしています。食うこと、食われることもその一つです。足の指のあいだから分泌されるフェロモンも、一滴として無駄に使うことはありません。その緻密で美しい生態の歯車を引っこ抜いてきて、人間がコーヒーを楽しむ空間に展示することは、閉じ込められた動物と閉じ込めた人間の双方にとって、いったいなんの意味があるでしょう？　双方にとって安らかな世界でこそ、コーヒーの香りはより豊かに感じられるはずです。

양말

靴下

芸術的な靴下拒否者たち

キム・ウォニョン

お恥ずかしい話ですが、わたしは二〇歳のころから三〇代半ばまで、靴下を履いていませんでした。スーツを着て黒い革靴を履いている日も素足でした。真冬も例外ではありません。あまりに寒い日はズボンの下にジャージをはき、ジャージの裾を引き下げて足の甲まで覆っていました。そんなことをしてまでも、靴下は頑として履きませんでした。靴は足よりはるかに大きなサイズの物を履いていたのですが、履いているというより足先を軽く引っ掛けている感じでした。その状態で靴を車椅子のフットレストに載せておくので、足は常に、ゆったりした空間の中に隠れていました。

アインシュタインが靴下を履くのを極度に嫌がったという話は彼の天才性を象徴するエピソードとされていて、それをテーマにした本が一冊出ているほどです。また別の「靴下拒否者」に、二〇世紀初めのアメリカのダンサー、イサドラ・ダンカンがいます。彼女は、靴下であれ靴であれ、足に何かを履いて踊ることを不自然だと考えていました。形式や慣習にとらわれない自由なダンスで「裸足のイサドラ」とも呼ばれていました。靴下を履かなかったアインシュタインのこだわりもやはり、慣習や規律に縛られない彼の意識世界を反映する特性と捉えられたからこそ、あれほど有名なエピソードになったのでしょう。

わたしが靴下を履かなかったのは、歴史上の偉大な人物たちとは正反対の理由からでした。足を締め付けられる感じが窮屈だというのもありましたが、足先に引っ掛けてある靴が脱げるのを防ぐのに好都合だったのです（大きな靴を足先に引っ掛けるように履いていた理由は、実際よりも足を大きく、脚を長く見せるためでした）。足先を軽く引っ掛けた靴をフットレストに載せておけばとりあえず問題はなかったのですが、ちょっと素早く動いたり、周りの物にぶつかったりすると、靴が落ちてしまうことがときどきありました。そんなとき、靴下を履いていない状態なら、靴のかかとの上部を足の指でつかむか、靴の中で足の指を大きく広げて靴が脱げるのを防ぐことができたのです。

つまりわたしは、われわれの日常的な慣例から解放されたいからではなく、靴を履いた姿ができるだけ自然に見えるようにしたくて靴下を履かなかったのです。バレリーナのトウシューズを脱ぎ捨てて慣習や秩序にとらわれないダンスを探求したイサドラや、時空間の絶対性を超えて想像力を広げていったアインシュタインとはまったく逆の理由だったわけです。

どうして再び靴下を履くようになったのかは覚えていません。必要以上に大きな靴を履くのはやめ、前から持っている大きな靴を履くときも、脱げようがどうしようがあまり気にしなくなりました。長らく履いていなかった靴下を履いたものだから、最初は足の指が窮屈に感じましたが、それもだんだんなくなっていきました。靴を脱ぎ、床の上に座って舞台公演の練習をしたり、オフィスの椅子の上であぐらをかいて仕事をしたりすることにも、すっかり慣れました。そんなわけで、いまや靴下はファッションの一部となっています。青い海の色に黄色く丸い太陽が描かれたかわいらしい靴下を、この本の写真を担当した写真作家のイ・ジヤンさんがプレゼントしてくれたので、せっせと履いています（イ・ジヤンさんはどうしてわたしに靴下をプレゼントしてくれたのでしょう？）。

わたしの足の裏は、長期間歩いていないため赤ん坊のように柔らかく、しわがたくさんあります。靴下を履いてしっかり保護してやる必要が人一倍ある足だということですね。一方で、足の大きさのわりに指は長く、指と指のあいだがかなり広がります。二〇二二年の夏、釜山でダンサーたちと一緒に映像作品を作ったのですが、あるダンサーがわたしの足を見てこう言いました。

「ウォニョンの足は指が大きく広がるから、床を踏みしめて踊るのに最高の足だね。子どもたちにダンスを教えるとき、足の指を大きく広げて踏ん張りなさいって、いつも指導してるんだ」

わたしはちょっと驚きました。歩けないために赤ん坊のようにしわがいっぱいのこの足が実は「ダンス」に適しているのなら、そういう足をわたしが持って生まれたのなら、皮肉なことながらも興味深い話なので。また一方で、こんなことも頭に浮かびました。もし、自分の足の指がこんなに広がる理由が、足先に引っ掛けた大きな靴が脱げないよう足指を伸ばしたり広げたり閉じたりと、しょっちゅう動かしていたことの結果だとしたら？　いずれにしてもわたしの足は、かわいい靴下でしっかり保護してやるくらい大事で、靴下や大きな靴で隠してしまうには惜しいくらい「芸術的」なのかもしれません。

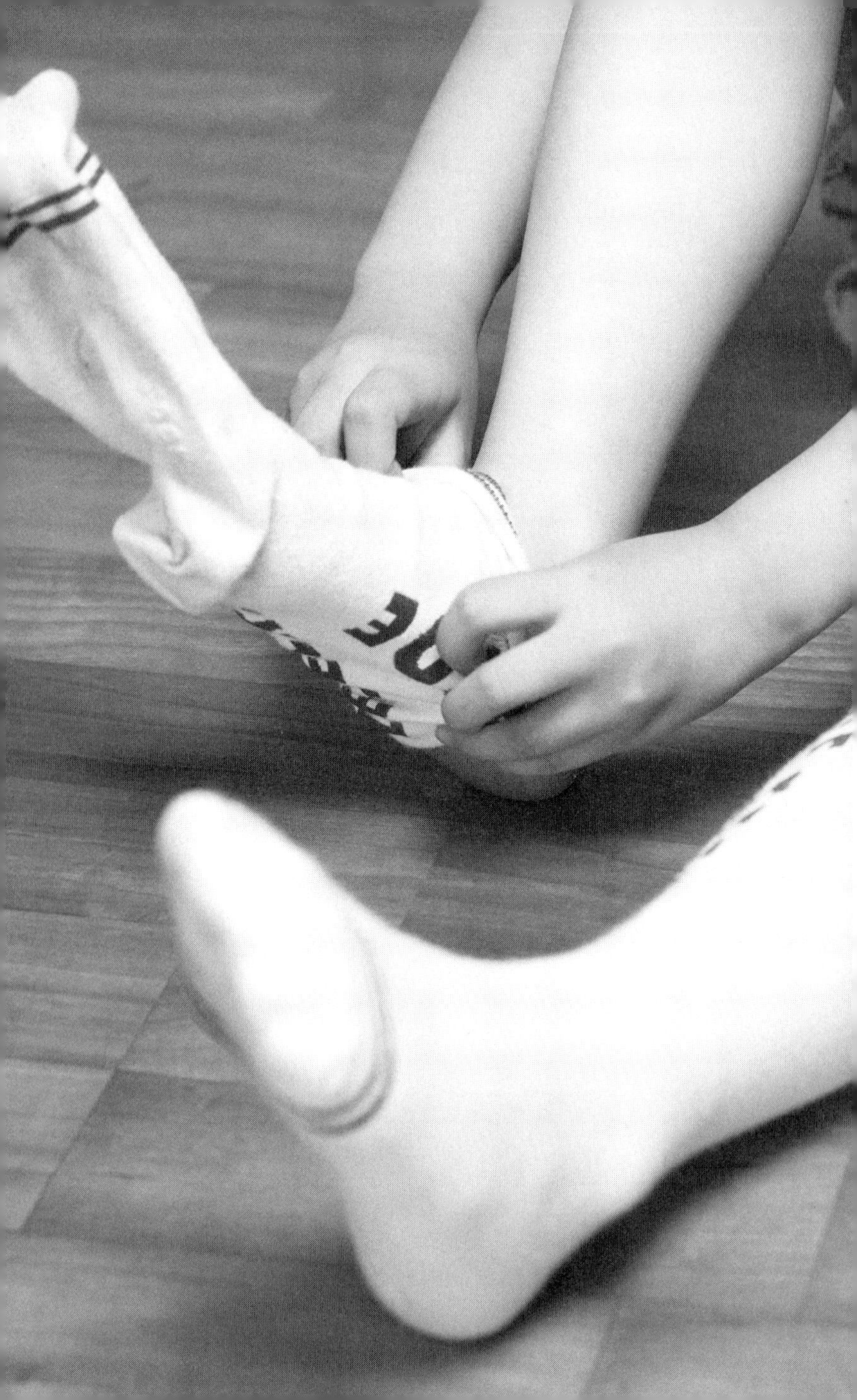

靴下を履く存在

キム・ソヨン

セサル・バジェホの「人間は悲しみ、咳をする存在※」という詩には、人間についての美しい定義があふれています。わたしはなかでも、人間を「ボタンをかける存在」と表現した部分が好きです。ボタンをかけるときは誰でも真剣に指先を動かしますよね。うつむいた姿勢になるせいか、ちょっとおとなしくなるような気もします。かけ違いをしないよう注意しながらボタンをかけるのは、かなり複雑な技術です。子どもたちは慣れるまで失敗を繰り返します。大人も時にはかけ違いをしますよね。ファッションのためであれ、実用的な理由からであれ、ボタンをかけるときの人間は真剣でかわいらしくなります。ちまちましたことをしている人間はたいていかわいらしいものです。

手や足の爪を切る姿もそうです。ほかの動物たちに比べると、人間の手や足の爪は特段強いわけでも鋭いわけでもありません。でも、どんどん伸びます。切るのが面倒だからと数日放置しただけでも気になって仕方がありません。新聞紙を広げて、背中を丸め、爪切りという小さな道具を使って、形を整えながら手や足の爪を切る人間は、いつも少し小さくなります。後ろ姿がかわいらしいです。

一番かわいらしいのは靴下を脱いだり履いたりするときです。人間が靴下を作り出したということからして、おもしろいです。現代の人間は、足の裏がとても柔らかくなったので靴を必要とするわけですが、素足で履くとこれまた足が痛いので靴下を履かなければなりません。なんと面倒なことでしょう。足が冷えるのをなんとかしようと靴下を引っ張り出してきて、もそもそと履く姿はいじらしくもあります。子どもも大人も、ヒーローも悪党も、靴下を履く姿は似ています。身をかがめて座らなければなりません。左右も揃えなければなりません。

鉛筆を握った子どもの手を見るときも同じような気分になります。中指の第一関節にうっすらペンだこができ、紙の上で手を滑らせる感覚に慣れるまでには、相当時間がかかります。大人でもちょっと文章を書くと手が痛くなるのに、子どもはなおさらです。消して書き直さなければならないことも多いです。実際、子どもが文章を書くときは、「鉛筆との戦い」がかなりの部分を占めています。そんな戦いをするのも人間だけです。

いつだったか、傘をさすのは人間だけだ、と嘆いている文章を読んだことがあります。自然に「自然に」対処できないことを反省する、という趣旨でした。雨が降っているからと傘をさし、さらには、夕方降りそうだからと朝から傘を持ち歩くのは自然なことではないかもしれませんが、実に人間的だと思います。雨に濡れるという、ただそれだけのことが嫌でその面倒な行為をする人間が、ちっぽけで、哀れで、そしてやはりちょっとかわいらしいと感じます。読書教室の授業が終わって子どもたちを見送るとき、彼らが軒下から手を伸ばし、この程度の雨なら傘をささなくてもいいか、それともさすべきかと思案している姿を見かけることがあります。そんなときの真剣な顔も人間だけのものでしょう。

ハンカチもそうです。わたしの知っているある子は、保育園時代から必ずハンカチを持ち歩いていたと言います。手を洗ったあとポケットからハンカチを取り出して拭くのが好きだからと。問題は、しょっちゅう手を洗うものだから、ハンカチもズボンのポケットもびしょびしょになってしまう、ということです。それでも、次の日には必ず新しいハンカチをポケットに入れると言います。人間だけが、せっせとハンカチを洗って乾かして畳んで持ち歩き、手を拭き、鼻水を拭き、汗を拭き、涙を拭き、涙をお拭きとほかの人間に差し出してあげます。人間だけがそうするのです。

人間という存在は地球を痛めつけた挙げ句、最後にはみずからを滅ぼすと言われています。人間が滅亡することが地球の唯一の希望だとも言われます。地球をともに使っているほかの生き物たちに、本当に面目がありません。徹底的に反省し、早急に対策を講じなければならないのも事実です。数千年間、文明を築いてきた結果が気候危機だなんて、虚しくもなります。

ですが、わたしたち同士は、ボタンをかけ、靴下を履き、ポケットにハンカチを入れて持ち歩くわれわれ人間同士は、互いを思いやる気持ちを持ってもいいのではないでしょうか？　人間は愚かで利己的であると同時に、弱い存在です。感染病で誰もがくたびれ果てているいま、もっと弱い立場にあるほかの人間に思いを馳せることができればと思います。自然なことかどうかはわかりませんが、それが人間的なことでしょう。

冒頭で引用した「人間は悲しみ、咳をする存在」によると、人間は「とても小さな身体で生まれたことを証明する書類まで／眼鏡をかけてまで」しげしげと眺める存在だと言います。わたしがとても小さな身体で生まれ、履かせてもらったであろう靴下を想像してみました。わたしにも、それなりにかわいらしいころがあったはずです。自分でそんなことを言うなんて図々しい人だな、と思いますか？　それなら、みなさんがとても小さな身体で生まれ、初めて靴下を履かせてもらったころはどうだったか、想像してみてください。わたしだけがかわいらしかったわけではないはずですよ。

※ セサル・バジェホ著、コ・ヘソン訳、『今日のように人生が嫌になった日は』、タサンチェクバン、二〇一七

母とサンタクロースが守った靴下

イギル・ボラ

保育園に通っていたときのことです。わたしは明るく活発な性格で、どこに行ってもガキ大将になってしまう子どもでした。ほかの子たちに比べてかなり早熟でもありました。好きな子ができると、どこへ行くにも一緒でした。お昼寝の時間には隣同士で寝て、家に呼んでは「ごっこ遊び」をしたりもしました。問題は、その周期が非常に短いということです。同じ歳の子たちと一人ずつ順番に仲良くし、そのうち飽きたら、歳の違う子たちと仲良くしていました。もしかしたら保育園の子全員のことが好きだったのかもしれません。

保育園でもわたしは「大将」でした。わたしの両親はほかの親たちのように音声言語を使わないし、わたしを迎えにくる時間も一番遅かったのですが、そんなことはなんの問題にもなりませんでした。「障害」という言葉につきまとう社会的偏見や固定観念を経験する前のことです。

　一年を締めくくる一二月になると、母と父はとても忙しくなりました。その忙しい時間をなんとかやりくりし、両親はわたしをショッピングモールへと連れていきました。わたしは、ありとあらゆるおもちゃが並んでいる様子に圧倒されました。頭がぼーっとしてくるほどでしたが、目では常に、母がどこにいるか把握しておくのを忘れませんでした。人で混雑する大きなショッピングモールで母とはぐれでもしたら、館内放送でお互いを呼び出すこともできないからです。母は苦心しながら何かを選んでいました。知らないふりをしましたが、わたしは母が何を買ったのか、ばっちり見ていました。

　しばらくして、保育園にサンタクロースがやってきました。みんな、枕元に置いておいた靴下を持って、駆け寄っていきます。

「わー、サンタだ！」

「本物のサンタが来た！」

　サンタクロースは、鼻の下に付けた白いひげを触りながら、ハッハッハと笑いました。でも、なんだか変です。なぜかその顔に見覚えがあるのです。みんなはサンタクロースの腕や身体にしがみついて、はしゃいでいました。わたしは一歩下がって彼をじっくり観察してみました。どう見ても、あっちから見てもこっちから見ても、間違いなく、保育園の園長先生です。サンタクロースは、いい子たちにプレゼントをあげるために来たのだと言って、大きな袋を指しました。みんなが目を丸くして大歓声をあげたとき、わたしはこう叫びました。

「サンタじゃなくて園長先生でしょ！」

みんなはわたしとサンタの顔を代わる代わる見ました。サンタは、違う、違うと手を振り、そばにいた先生たちは必死で笑顔を作りながら、わたしを止めました。わたしのそばに子どもたちが一人、二人と集まってきます。

「ほんとだ！　ボラの言うとおりだ！　園長先生だ！」

「違うよ！　サンタだよ！」

サンタは、わたしがこの辺りのガキ大将で、付き従う子がたくさんいることを知らなかったのです。みんなは一瞬でサンタの腕から離れてわたしのそばへやってきました。

「よく見たら園長先生だ。嘘つき！」

失望のあまり泣きだす子もいました。本物のサンタではないと気づいたからでしょう。でもわたしは悪いとは思いませんでした。彼がサンタでないのは事実だからです。園長先生は笑顔のまま、最後までサンタを演じていました。みんなの夢を無惨に打ち砕いたわたしの靴下にも、明るく「メリークリスマス！」と言いながらプレゼントを入れてくれました。

家に帰ると母が尋ねました。

「サンタさんからプレゼントもらったの？　よかったね！」

わたしは、何言ってるの？という目で母を見ました。プレゼントはサンタがくれたのではなく、母がわたしのために手ずから選んでくれたものだと知っていたからです。わたしはけっして、母と園長先生の童心を守ってあげようとはしませんでした。目ざとさにかけては天下一品だけれど、同時に、人の気持ちなどまるで考えず、ただ利口ぶっていた当時の自分を振り返ってみます。わたしの靴下の中に素敵な思い出をプレゼントしてくれたのは、ほかでもなく、子どもの童心を守ろうとしてくれた母とサンタクロースだったということに、いまになって気づくのです。

穴の開いた靴下

チェ・テギュ

わたしの靴下は穴の開いているものが多いです。がさつなせいか、Tシャツにもズボンにもよく穴が開きます。穴が開いてもあまり気にしないので、友人たちは穴に指を突っ込んでからかったりもします。そのうち穴が大きくなって支障が出てきたら一度繕い、それでもまた穴が大きくなったら、家にいる犬や猫のベッドの敷物としてもう一度活用してから捨てます。自分がどうしてそんなことをするのか考えてみました。子どものころからいつも犬と一緒だったので、犬にとって靴下がどういう存在なのかを理解し、受け入れていたからだろうと思います。人間にとって靴下は足に履く布切れに過ぎませんが、犬にとっては一日一回、ワクワクを与えてくれるおもちゃになるのです。靴下に穴が開く覚悟さえすれば、の話ですが。

人間の身体の中で足の裏は、皮膚の表面積あたりの汗腺数がもっとも多い場所です。汗腺から分泌されたばかりの汗はほぼ無臭ですが、状況によって、また、人それぞれ多様な細菌を保有しているため、その細菌が繁殖することで汗の匂いも変わってきます。あ、細菌と言うと、なんとなく悪いイメージがありますが、細菌が常に悪い存在というわけではありません。わたしたちの身体の内外にはもともと数多くの常在菌が存在しています。身体がそれら細菌とどのようにバランスを取るかによって、病気の原因にもなれば、汗の匂いにもなるのです。最近は、汗の匂いは不快なものと思われていますが、これを悪臭と捉えるようになったのはそう昔のことではありません。人間が自分だけの匂いを持っているのは自然なことです。犬は、親しい人間の独特の体臭を不快な匂いとは捉えず、その人の重要なアイデンティティーとして好むようになります。

わたしの靴下を脱がせた回数が一番多かったのは、パンウリ〈滴、小さな玉、鈴の意〉という名の犬です。小学三年から高校生のころまで一緒に暮らしていました。褐色の短毛で、脚が長くて耳が大きいので、子鹿のように見える犬でした。大人たちは、チワワとパルバリ〈脚の短い小型犬〉をミックスしたような姿だからと、「パワワ」と呼んでいて、わたしは、手元にある本〈タイトルは『愛犬の育て方』だったかな……〉に載っていたミニチュアピンシャーという犬種に似ていると思っていました。もちろん、どんな犬種かなんてどうでもいいことです。パンウリが、わたしの靴下が好きな犬だということが重要だったのです。パンウリは、わたしが学校から帰ってくると、門が開いてもいないうちから、わたしの帰りを喜んで吠えはじめる相棒でした。わたしがどこにかばんを下ろすかを知っていて先回りし、「靴下脱がせゲーム」をいつ始めるか、わたしと目と目でタイミングを計るのです。

パンウリは、靴下脱がせゲームを始めるとき、いきなり靴下に噛みついたりはしませんでした。犬を飼ったことのある人なら、犬が遊ぼうと言ってくるときの行動を目にしたことがあると思います。お尻を高く持ち上げて胸を床につけ、口を大きく開けて「ヘッ！　ヘッ！」という音を出すアレです。英語では「プレイバウ（play bow）」ですが、韓国語で「遊びのお辞儀」というのも変だし、ほかに訳しようがないので、「プレイバウ」という言葉がそのまま使われています。パンウリがゲームを始めようとするときは、プレイバウの姿勢で、靴下を履いた足をトントンと叩きます。ときどきわたしと目を合わせながら、足を差し出してくれるのを待ちます。するとわたしは足の指先を軽く持ち上げて「アレ、やるのか？」と目で尋ねます。パンウリは、靴下をくわえるときに足まで噛んでしまうことはありません。鋭い歯の先で靴下を軽く引っ掛けて引っ張る、という技を身につけています。パンウリが軽くうなり声を上げながら引っ張ると、わたしはかかとを持ち上げたり下ろしたりして、ゲームを長く楽しめるようにしてやります。靴下に穴が開く瞬間です。

靴下がスポン！ と脱げた瞬間、わたしは、それなりに大変だった学生生活の一日が終わったという解放感を味わいました。パンウリは靴下をくわえて、まるで獲物を仕留めたオオカミのように頭を左右にぶんぶん振りながら意気揚々と歩き回ります。自分のベッドに靴下一足を持ち込んで、相棒が今日一日外でどんな匂いをつけてきたのか、じっくりチェックします。その靴下を誰かが持っていこうとすると、必死で阻止していました。

動物病院にはたまに、靴下をまるごと飲み込んでしまった犬が連れてこられます。飲み込んでしまいそうだなと思ったら、飼い主がしっかり判断して対応しなければなりません。とはいえ、靴下は、犬が一番好きなおもちゃです。靴下にしょっちゅう穴が開いていると、友だちにからかわれたりもするし、穴から飛び出た足の指が寒かったりもしますが、大したことではありません。独特の匂いを楽しみながら靴下脱がせゲームをする犬たちにとっては、一日一回の心躍る、めくるめくひとときなのですから。

밥

ご飯

ご飯を炊くという儀式

キム・ウォニョン

韓国人の基本的な食事は、キムチと汁物を含むおかず、それとほかほかの米飯です。炊きたてのご飯を中心にさまざまなおかずを味わう食事の時間はとても良いものですが、ちょっと気になる部分もあります。炭水化物中心で栄養に偏りがあるとされる点、そして何より、準備や後片付けが非常に大変だという点です。何種類ものおかずを並べようとすると、それだけ準備に手がかかり、洗い物も増えます。大皿にメインの料理を盛り付けて脇に野菜を少々添える外国の家庭料理に比べ、韓国式の食事は用意するのも片付けるのも手間がかかります。なので、自分一人でご飯を食べるときは、大皿にキムチや、にんにくの茎の和え物、きゅうり、卵焼きなんかを少しずつ盛り付け、その脇に米飯をよそって食べることが多いです。

母の用意してくれたご飯を食べるときは、きれいに片付けた食卓の上に、各種おかずの小皿、温かい汁物とご飯の器、取り皿まで並べていただきます。当然おいしいし、見た目にも美しく、食べやすいですが、何種類もの料理を一つひとつ用意し、食べたあとは食器を洗って拭いて棚に戻すという面倒な家事労働がついてきます。

複数のおかずと炊きたてのご飯、という食事を用意するのは手間もかかるし大変ですが、強力なメリットもあります。わたしたちの日常に、ある種の明瞭な秩序が必要なとき、つまり、頭の中はいろんな悩みでぐちゃぐちゃで予定は狂いまくっているのに、何をするのも嫌で、自暴自棄の状態で布団から出られずにいるとき、この基本の食事を用意することがわたしたちに劇的な変化をもたらしてくれるのです。本当に何もしたくなくて、指一本動かすのも嫌ですか？ それなら、残されたわずかな力をかき集めて、まずは米を研ぐことから始めてみましょう。

パックご飯をチンすれば、炊くよりずっと簡単に一食分のご飯ができます。それに、炭水化物よりも野菜やタンパク質中心の食事のほうが健康に良いこともよく知っています。ですが、何をするのも嫌で、何に対しても自信が持てなくなっているのなら、ぜひ米を研いでみましょう。雑穀を適量混ぜるとなお良いのですが、そんな余力はないでしょうから（雑穀はあらかじめ洗って五時間ほど水に浸けておかないといけないのに、いま、わたしたちにそんな力がどこにあるでしょう。五時間後には世界が滅亡しているような気がするというのに）、白米だけを小さなカップに入れてシンクまで持っていってみましょう。韓国人はやっぱりご飯を食べないと。ご飯の力は最強だ。サラダなんか食べててどうするんだ……などという話ではないのでご安心を。

布団から出るのが死ぬほど面倒で、どう考えても人生終わったように思えても、「どうせ人生諦めるなら、その前に米でも研いでみるか」という気持ちで布団から這い出ます。ため息も出るし、何もかも面倒だし、インスタント食品に目が行くし、アプリでハンバーガーやサラダなんかを注文したくなるでしょうが、「どうせデリバリーを注文するなら、その前に米でも研いでみるか」と言い聞かせて布団から出るのです。

どうにかこうにかシンクまで米を持っていき、とりあえず蛇口をひねるところまでできたなら、米を研ぐのはそう難しくはありません。米を一度すすぐと、何やら気持ちがムズムズしてきます。必ずもう一度すすぎたくなるのです。ふと、インターネットで見かけた、小さな蛾に似たコメ虫の画像が頭に浮かんだりもします。いざご飯が炊けても実際に食べるかどうかわからないし……とは思いつつも、ひとたびコメ虫のことが頭に浮かぶと、米をしっかり研がずにはいられないのが人間の心理というものです。

米を研ぐところまで成功したら、炊飯器に入れて「炊飯」ボタンを押すのは、五〇倍は簡単です。これで力が湧いてきて料理を始められたら一番良いのですが、まだ頭の中がぐちゃぐちゃで身体も重いかもしれません。もう一度布団の中に戻ってもいいでしょう。布団に横たわり「はあ、コメ虫ごときのせいで無駄な力を使ってしまった。疲れた……」とつぶやいているとき、

ご飯の炊ける音が聞こえてくるのです。

シュンシュンシュンと、少々にぎやかな音が遠くから聞こえていたかと思うと、やがて「シューーーーッ」と、

蒸気の抜ける音がするのです。

この音だけで家じゅうが少し暖かくなったように感じられ、炊きたてのご飯の匂いが鼻をくすぐります。普段から、これといって味がない、炭水化物の塊だ、血糖値を急上昇させる、などと悪口ばかり言われている白いご飯が、こんなにいい匂いだったとは。

匂いと音に乗って身体に流れ込んできたエネルギーが、手の指、足の指の先まで、ほんのりと全身を満たします。身体がおのずと動きます。起き上がって炊飯器を開け、湯気の立ち上

るご飯をしゃもじで混ぜて器によそうと、次は、おかずを美しく盛り付けたいという気持ちまで生まれてくるでしょう。そのへんの食べ物を部屋に持っていき、インターネットの映像ストリーミングを見ながら適当に一食済ませようという気持ちは消え、食卓に皿を並べておかずを盛り付けたくなります。適当なおかずがなければ、フライパンで目玉焼きを作るか、野菜を炒めます。料理なんてろくにしたことのない人でも、なんとか工夫して彩りよくきれいに盛り付けたくなるでしょう。

それなりに美しく整った食事が完成したら、そこからわたしたちはやり直すことができるのです。韓国の一般的な食事は、手間暇がかかるうえに最高の健康食というわけでもありません。けれど、米を研ぎ、炊飯器にセットし、炊飯器からの音や匂いを感じながら、何品かのおかずで食卓の上をデザインするように食事を用意する過程は、欠かすことのできない「ご飯を食べる儀式」だと考えます。もしかしたら、わたしたちの日常を支えている力や秩序はすべて、この儀式の上に成り立っているのかもしれません。

「ご飯」といえばニラキムチ

キム・ソヨン

わたしが小学三年の初めまで通っていた学校は、小高い丘にありました。○○一洞《ドン》〈洞は町に相当〉、○○二洞、○○三洞の子どもたちがおもに通っている学校でした。一洞は大通り側の平地で、市場や銀行、書店、病院、なんと大学まである繁華街です。幼いわたしの目には、お金持ちの家も多いように見えました。二洞は学校周辺の、子どもたちが一番たくさん住んでいる町でした。一洞ほどなんでも揃っているわけではないものの、トッポッキの店や文房具屋さんがあるので、子どもたちにとっての繁華街と言えるでしょう。わたしは一洞の子たちより断然、二洞の子たちをうらやましく思っていました。通学距離が短いからです。二洞の子たちも多少は坂道を上らないといけませんが、わたしの住んでいた三洞に比べると坂道のうちには入りませんでした。

学校が終わると、校門では一洞の子たちと、道路を渡ったところでは二洞の子たちと別れます。一人きりで日の差さない路地を歩いたり急な階段を上ったりするのが嫌で、歌を歌う日もあれば、ちょっと泣いてしまう日もありました。かばんは重いし、脚は痛いし。二洞に住みたくて住みたくてたまりませんでした。両親には引っ越しができるほどの経済的余裕がないのはわかっていたので、口にしたことはありませんでしたが。

わたしの思う三洞の良いところはたった一つ、裏山でした。特に、山のふもとの広々とした空き地は子どもたちのものでした。遊具はないけれど立派な遊び場でした。わたしは、近所のお姉さん、お兄さんたちにうるさがられてもめげずに、どうやるのかもわからない遊びに割り込んでいったものです。猫じゃらしの草を引っこ抜きながら歩いたり、眼下に広がる川や大通り、高いビルの風景を眺めたりもしました。夕焼けは本当に、心ゆくまで堪能しました。三洞はサントンネ〈山の斜面や高地に家々が軒を連ねる地域〉でした。

裏山の山道を上っていくと、かなり名の知れたお寺がありました。その近くに湧く薬水〈健康に良いとされる湧き水〉は身体に良いのだと、町の大人たちはよく誇らしげに話していました。ある日、近所のお姉さんに、一緒に薬水の汲み場に行こうと誘われました。学校の休みの時期だったのか、休日だったのかは覚えていません。両親の許しを得て、適当な容器を一つ用意して、朝早くそのお姉さんについて山に入っていきました。早朝でしたが大人がたくさんいたので怖くはなく、道もすぐにわかりました。そこまでの冒険は思ったより簡単でした。ところが、いざ薬水の汲み場に到着してみると、思いもよらぬ展開が待ち受けていたのです。水を汲む人の列がとんでもなく長かったせいです。

列に並んでいるのは大半が大人で、わたしのように容器を一つだけ持ってきている人は誰もいませんでした。しかも彼らの持っている容器はどれもこれもわたしのより大きな物ばかりです。わたしももっと大きいのを持ってくればよかったと後悔しました。家族全員が各自容器を手にしている一団もいます。ふと、この汲み場は三洞だけのものではないのだということに気がつきました。急に気持ちがどんよりしました。薬水の汲み場が三洞のものじゃないだなんて。

いくら待っても列は短くなりません。こんなに時間がかかるなんて、きっと何か大変なことが起こったに違いないと思いました。ようやくわたしの番になって初めて、薬水が、水道水のように勢いよく出るのではなく、ちょろちょろとしか出てこないことがわかりました。どうりで汲むのに時間がかかるわけです。しかもみんな大きな容器なので。

時計がなかったので、何時なのかわかりませんでした。やっと自分の容器に水を汲み終えたときには、くたびれるわ、おなかは空くわで、とにかく早く家に帰りたいという気持ちしかありませんでした。でも、早く歩くことはできません。水の容器があまりにも重かったからです。数歩歩いては容器を持ち替えていたので、汲み場から出るだけでも相当な時間がかかりました。身体の前で両手で容器を持って歩いていて転びそうになったりもしました。それでも、家族が心配しているかもしれない、あるいは叱られるかもしれないと思い、先を急ぎました。子どもだったからか、または要領が悪かったと言うべきか、水を捨てていくという選択肢は思いつきもしませんでした。

なぜだかみじめな気分で、疲労困憊して家にたどり着くと、姉が一人でわたしの帰りを待っていました。普段はわたしのことをうるさがる姉が、どういうわけかその日は優しくしてくれました。わたしの様子がよっぽどだったのでしょう。すっかり一日も終わったと思っていたのに、まだ午前一一時過ぎでした。でも、朝ご飯も食べずに大冒険をしてきたので、くらくらして座っていることもできません。ごろりと寝転びました。

姉は急いでご飯を用意してくれました。スプーンでご飯をすくってニラキムチを乗せると、わたしの口に入れてくれました。そんなことは後にも先にもその時だけです。姉もまだ子どもでご飯の炊き方は知らなかったので、炊きたてのご飯ではなかったはずです。ニラは漬けダレにまみれてしなびていました。だから食べながらも不思議に思いました。いったいどうしてこんなにご飯がおいしいんだろう？

ヘトヘトの状態で食べたご飯だから、そして身体が糖分や塩分を急激に欲していたからおいしかったのでしょう。だとしても、わたしはそれが、姉が食べさせてくれたご飯だからおいしかったのだと思っています。大人になってから考えてみると、一二歳の子どもが七歳の子どもにご飯を食べさせていたわけです。三洞の山のふもとにある粗末な家で、相手を心配し、思いやる二人の子どもの姿は、いま思うといじらしくもあります。とにかく、わたしは容器いっぱいに薬水を汲んで家に帰ってきました。

自分でご飯を作るようになってからは、面倒で適当に済ませることが多いです。それでもときどきは、一人で食べるときでも新たにご飯を炊いて、新たに汁物を作り、きちんと座って食べます。すると間違いなく、より元気が出ます。ニラキムチがあるときは、わざわざスプーンのご飯の上に乗せて食べたりもします。わたしにとっては何よりの「良薬」です。口に苦い良薬ではなく、最高においしい良薬です。

あなたとわたしのご飯

イギル・ボラ

ろう者はご飯をどうやって食べるでしょうか？

右手か左手でスプーンを持ち、ご飯をたっぷりすくいます。その上にお箸でおかずを乗せます。大きく開けた口の中に入れます。味を楽しみながら、同時に、素早くスプーンを下ろすと相手の言葉に手を動かして答えます。このとき、目の前の料理にもう少し目をやりたいところですが、そんな余裕はありません。少しでも目を離すと、相手が何を言っているのか見逃すかもしれないからです。視覚言語を使うろう者たちの食事時間は忙しいのです。手ではご飯を食べつつ話もしないといけないし、料理から顔を上げて相手の目も見ないといけません。

音声言語で話す人たちは「言葉を話せないから食事のとき不便だろうな」と思うかもしれません。では、ろう者から見た聴者はどうでしょう？　あるろう者はこう言います。

「聴者はご飯を食べながら話をする。口の中のものが丸見え。ちょっと汚い」
ろう者からすると、ご飯を食べながら口を開けて音声言語で話をする聴者は、あまり上品には見えません。初めてその話を聞いたとき、なるほどな、とうなずいたものです。「汚い」という、ろう者特有のストレートな物言いもそうですが、誰の視点で見るかによって世の中は違って見えるのだということに、あらためて気づかされたからです。

一緒に暮らしている日本人パートナーの両親のお宅を訪問したときのことです。バーベキューの材料が用意されていました。「お客さん」という立場ではありましたが、じっと座っているのも落ち着かないのでキッチンに行きました。何かお手伝いしようと。日本語があまりできないので、身振り手振りで、何か手伝うことはあるかと尋ねました。パートナーのお母さんは、大丈夫よ、と手を左右に振ります。わたしが重ねて問うと、それじゃあこれでもお願いしようかしら、と大根を差し出しました。わたしは目を大きく見開いて、どうぞお任せくださ い、という表情で張り切って大根を受け取ったものの、それをどうすればいいのかはわかりません。一、二、三、四。数秒悩んだあと包丁を握り、ザクザクと輪切りにしていきました。日本では大根も焼いて食べるんだな。不思議な国だな。そうひとりごちながら。

やがてキッチンに戻ってきたお母さんは固まってしまいました。一、二、三、四。数秒の静寂のあと、こう言いました。

「あら、上手に切ってくれたわね。韓国では大根も焼いて食べるのね？　おもしろい」

問題は、わたしが日本語をろくに聞き取れないということでした。お母さんとわたしは、誰のためのものかわからない大根を捧げ持って庭に向かいました。食材を焼いていたお父さんはこう言いました。

「うむ、大根を焼いたらどんな味かな？」

そうしてわたしたちは大根を焼きはじめました。誰のためのものかわからない大根を、大根を焼いて食べる日本と韓国の食文化を想像しながら。

こんがり焼けた大根は、大根おろしほどの爽やかさはないものの、予想外のおいしさでした。大根はおろすんじゃないか、切ってどうするんだ、と責めることなく、なるほどこれが韓国の食文化か、ぜひ体験してみようじゃないかと大根を焼いて食べた家族たちのことを考えます。日本の文化と韓国の文化が違うように、ろう者と聴者の文化も違うのでしょう。「違い」の中に身を委ねるのは、時には当惑し、気恥ずかしくもありますが、とても愉快で楽しいことでもあります。違いから生まれる驚くべき新たな観点を、もっとたくさん発見していきたいと思います。

ご飯を準備する過程

チェ・テギュ

屋外での作業予定が一日じゅうぎっしり詰まっていて、まだ暗いうちから家を出なければならないことがあります。朝、夢うつつで食べたサツマイモが本当にサツマイモだったのかジャガイモだったのか、水筒のお湯に入れたのはキキョウの根のエキスだったか、インスタントコーヒーだったか、はたまたお湯しか入れてこなかったのか思い出せないほど忙しい日です。どの店で何を食べるか自分の希望を気軽に言えないような相手と食事するときは、好物の冷麺やクッパを食べてもどんな味だったか記憶に残らず、残念な気持ちになります。対話に集中するあまり、じっくり味わう余裕がないせいでもあります。もちろんそういう場では、食事よりもっと大切な思い出ができることもありますが、「とりあえず腹に入れる」という感覚は、どうも虚しくなります。

そんな日は、猫のご飯と水をたっぷり入れてきたかどうかまったく思い出せず、ふと不安になります。うちの猫たちは、エサの入った引き出しを自分で開けて袋から器に出して食べる方法をまだ知りません。たとえたっぷりご飯を入れてきていたとしても、そんな日はなんだか申し訳ない気持ちになります。

家でご飯を作って食べられる日は気分も上々です。食べたいものを作って食べるとおいしいし、料理をする余裕がある日だという点がいいのです。そんな日は、何を食べるか考えるのも面倒ではありません。二人で暮らしているので一層楽しいのかもしれません。一緒に暮らして一〇年以上になるためか、ふと食べたいと思うものも、ほぼ一致します。それにしてもこんなに一致するなんて、とおもしろがりながら、家にある食材をチェックし、どこに買い物に行くかを決めます。一、二時間、わいわい言いながら歩き回るデートの計画です。わざわざこしらえた「遊ぶ時間」です。

すでにおなかがペコペコなら、買い物に行く前に、屋台のたい焼きを買って食べるのもいいものです。うちの家の前には一人でたい焼きを売っている人がいるのですが、大人気で、よく行列ができています。その「たい焼き先生」は焼き上がりの時間を計算して、何分待てばいいか正確に教えてくれます。昨日の待ち時間は七分。寒くてもへっちゃらです。三個で一〇〇〇ウォン。前菜にぴったりです。たい焼きを一個半ずつ食べておけば、買い物中、無駄な消費をせずに済みます。最近は、どこに買い物に行っても、世界各地からの食材を目にします。献立を考えて必要な食材を頭に入れてから出かけますが、普段よりうんと安くなっているものや、一度食べてみたいと思っていたものを見かけると、衝動買いをすることもあります。冷蔵庫が小さいのでたくさんは買えませんが。

買い物バッグいっぱいの食材とともに帰宅すると、猫たちは、何を買ってきたのか一つひとつ念入りにチェックします。人間の意図した食材の使い道とは関係なく、猫は猫の感覚でビニールの中身を判断します。

このビニールは頑丈だな。このビニールは破れやすそうだから食べられるかも？　この匂いはモモが好きだった葉っぱの匂いだ。モモ。モモ。あたしが小さいときから一緒に住んでいた大きな猫。仲良くしてたのに、いなくなっちゃった。

以前一緒に暮らしていた犬や猫のことが思い出されます。みんなそれぞれ好きなものが違っていました。いま一緒に暮らしているコンスとトドンイは、モモの好きだったヨーグルトやニラ、サンチュといったものにはあまり興味がありません。買ってきたものを冷蔵庫やシンクの棚にしまうと、猫たちは、空になった買い物バッグの中に潜り込みます。するとわたしは買い物バッグを両手で持ち、ケトルベル※のスイング運動のように大きく振り上げて猫を「ブランコ」に乗せてやります。けっこう目が回ると思うのですが、疲れてこの遊びを先に止めるのはわたしのほうです。コンスとトドンイは時の経つのも忘れ、消えてはまた現れる重力を夢中になって楽しみます。

実は、このあたりになるともう、何を食べるかはどうでもよくなっているのかもしれません。ただ、ご飯を思い浮かべながら歩き回り、おしゃべりし、お互いの好きなものについて語り合う、それが楽しいのです。ところで、この過程が楽しいと感じるのは、わたしが人間だから、あるいは好きな人と一緒に暮らしているから、だけが理由ではないと思います。人間ではない動物も、ご飯にありつくまでに起こるさまざまな出来事を楽しみます。食べ物を手に入れるための準備を怠らない動物たちは、進化の過程で生き残るのに有利でした。古びた壁にクモの巣を張り、いい匂いをたどっていき、全速力で走る前におなかを空にしておく。いずれも、食べ物を思い浮かべながら準備する過程です。うちの猫たちにもそういう時間を十分に与えてやりたいと、よく思います。

※　鉄球に持ち手が付いた運動器具

ご飯

チェ・テギュ

아침

朝

なんと毎日欠かさずやってくる朝

キム・ウォニョン

二〇代から三〇代のほとんどは、朝日があまり差し込まない家にずっと住んでいました。おもに一階の部屋を住居にしていたからです。エレベーターのない建物や、あったとしても古い建物では、安全を考慮して一階を選んでいたのです。それでなくても夜はなかなか寝付けないタイプなので、目覚まし代わりになってくれる朝日の入らない家で毎朝起きるのは、なかなか大変でした。窓から明るい光が差し込み、窓を開け放つと鳥たちの鳴き声が聞こえる家に住むのは、誰にでも許されることではありません。わたしは長らく、家に差し込む朝日の偉大な力を経験することができなかったのです。

法哲学者ロナルド・ドゥオーキンは、自由や平等、人間の尊厳性といった概念は実際にわたしたちの人生や共同体を導いてくれる価値なのかどうかを生涯研究しました。二〇世紀以降、多くの法学者が、法は道徳や正義とはあまり関係がないと考えていて、「正義にかなった法的結論」というものに懐疑的でした。法は、単なる規則の集合であり、人間社会の紛争を効果的に解決したり共同体を安定的に維持したりするための社会制度であると理解していたのです。そのような主流の中で、ドゥオーキンは、わたしたちが最善を尽くして法律の規定を解釈するなら、正義にかなった正しい答えを得ることができると主張しました。偉大な法哲学者と評価されていますが、実は、彼の意見は多くの学者の同意を得るには至りませんでした。ともかくドゥオーキンは、絶対的な正しさも誤りも存在しないように見えるこの無秩序な世界で、すべての人が追求するに値する価値ある人生、価値ある共同体の原則を求めて奮闘した、勇気ある人なのです。

そんなドゥオーキンは著書の一節でこう述べています。いくらわたしたちが、人生の価値や正しい法の原則に懐疑的な人々に立ち向かい、論弁を繰り広げてみても、ある日突然訪れる圧倒的な空虚はどうすることもできない、と。わたしたちはみな、やがては死を迎えます。人間の存在も取るに足りないものです。長い宇宙の時間から見れば、いまわたしたちが人生で奮闘しているすべてのことは、一瞬燃え上がっては消えるろうそくの炎よりも短い痕跡だけを残して消えていくのですから。そのうえでドゥオーキンはこう言います。

「いかなる言葉もその瞬間には役に立たない。ただ、朝がくるまで待つしかない」※

日の差す朝には驚くほどの力があります。朝を待てというドゥオーキンの言葉は、自嘲的な告白ではなく、わたしたちに対するエールのように聞こえます。真夜中にふと、憂鬱で、悲しくて、どうがんばっても人生という巨大な無意味さに耐えられない、との思いにとらわれるときでも、朝を待てばいいのだと。わたしを助けてくれる誰かがいまこの部屋へと、闇を突き抜け、駆けてきているのだと。布団をひっかぶって、わたしたちは待ちます。たとえ日の差さない家でも、夜が明けてくるのがわからないことはないので、注意を傾ければ朝を迎えられます。鳥の鳴き声が聞こえ、人の気配が感じられ、ついに日が昇る朝。

わたしはこの話の一部を二〇二一年の春、ラジオ放送用に録音しました。時間は確か、夜中の二時ごろだったと思います。声はかなり沈んでいたはずです。締め切りに追われ夜中に録音しているのだから、力が残っているわけがありません。このまま最後まで録音するのは良くないと思い、本当に朝を待つことにしました。もし朝、録音を完成させられなかったらプロデューサーの編集予定を大幅に狂わせてしまうことになりますが、朝の力を信じてみることにしたのです。録音を中断し、布団をかぶり、目を閉じて朝を待ちました。

朝がきました。部屋に日が差さないと文句を言っていないで、こちらから朝を迎えに、外に出てみました。近所の保育園の園児たちが登園しはじめたのか、子どもたちの声が聞こえてきます。いつも元気いっぱいの子どもたちです。地域を管理する人たちが掃除をしている様子も見えます。思ったより鳥の声が大きく聞こえることにも気づきました。

再び一日が始まり、人生は続いていきます。深い空虚感にとらわれたときはただ朝を待つしかない、というドゥオーキンの言葉を、わたしはちょっと違う言い方で表現してみようと思います。

いくら努力しても、大きな虚無や絶望、悲しみにとらわれてしまうことも時にはあるけれど、この世には、なんと毎日欠かさずやってくる「朝」があるのだと。

※ ロナルド・ドゥオーキン著、パク・キョンシン訳、『正義論』、民音社、二〇一五、一六一ページ〈原書『Justice for Hedgehogs』〉
同書では、わたしの引用した文章は次のように翻訳されています。
「ある一人の夜、手に触れそうなほど死が間近に迫ってきたときはいかなるものも意味をなさないだろうという惨憺たる内的懐疑主義に対しては、口をつぐんだ。いかなる言葉もその瞬間には役に立たない。夜明けを待つしかない」

朝の良い「気」

キム・ソヨン

編集者として働いていたころ、畑仕事をしているという作家さんからこんなことを言われました。

「朝は絶対に早く起きなくちゃダメ。でないと、その日一日分の良い『気』を鳥たちに全部持っていかれちゃう。田舎でも都会でも」

「朝の良い『気』」というのがなんなのか、当時はさっぱりわかりませんでした。「朝型人間」たちが根こそぎ持っていくので、わたしは自分の分をいつも逃していたようです。枕から頭を引き剥がすのは、わたしにとっては午前中の最大の難関でした。しかもわたしは自分でも不思議なほど、出勤の準備にものすごく時間がかかっていました。服装をばっちりコーディネートするとか、朝からご飯をたっぷり食べるとかでもないのに、毎日のように、遅刻しやしないかとハラハラしながら家を出ていました。ほかの人たちの朝まで気にしている余裕はありませんでした。

通勤する生活をやめてからは、朝が変わりました。起床時間は同じなのに、近所までパンやコーヒーを買いにいくことを思うと、枕から頭がすんなり離れてくれました。長続きはしませんでしたが、朝の読書会にも参加していました。犬（名前はソルタンイ〈砂糖の意〉）と一緒に暮らすようになってからは毎朝散歩にも出かけています。ソルタンイが尻尾に力を入れて軽快に歩く姿や、クンクンと音がしそうなほど熱心に匂いを嗅いでいる姿を見ながら、「朝の良い『気』」なるものが本当にあることを知りました。

朝の散歩のおかげで、以前は目にすることのなかった朝の町の風景も見ることができます。三々五々運動をしに出てきたお年寄りや、店の人がその日売る野菜や果物を店先に並べる姿、美容室の店長さんが開店前に鉢植え一つひとつに丁寧に水をやる姿を見ていると、心が穏やかになります。出勤しなくてもいいからとだらけずに一生懸命生きなければ、という思いが湧いてきます。

何より好きなのは、学校に行く子どもたちの姿を眺めることです。子どもたちの登校スタイルは実にさまざまです。自分の背よりも大きなかばんを背負って真剣な顔で歩いている子、早くも間食を食べるのに忙しくたびたび立ち止まっている子、友だちとわいわい言いながら歩いている子、学校に着くのをできるだけ遅らせようとするかのようにのろのろと歩いている子、道路の向こうの友だちを大声で呼んでいる子。それぞれ今日一日分の社会生活を始めようとしているその姿を見ながら、心の中で「行ってらっしゃい！」「がんばって！」と叫びます。

ときどき、小学校前の横断歩道で、信号待ちをする子どもの一群と一緒になることがあります。歩行者用信号が一斉に青になる歩車分離方式の交差点です。青になって子どもたちが校門に向かって駆けだすと、ソルタンイもつられてそちらに走っていきます。わたしは「違う、違う、そっちじゃないよ」と制止するのですが、子どもたちのうち必ず一人か二人は振り向いて「あ、犬だ！」「鼻がでかい！」「おはよう！」と声をかけてくれます。何も言わないのもなんだかそっけない気がして、ソルタンイの代わりにわたしが「あ、おはよう」とぎこちなくあいさつします。続いて、もう少し大きな声で「前を見て！」と叫びます。うるさい人だなと思われるかもしれませんが、仕方ありません。道路を渡っているときによそ見をしてはいけませんから。

実際、子どもの通学路には少なからず危険が潜んでいます。ソルタンイと子どもたちが顔を合わせる交差点のある道路も、交通量は少なくありません。そういう場所で周囲を確認せずに右折したり〈韓国は右側通行で、交差点によっては、前方が赤信号でも歩行者がいなければ一時停止のうえ右折できる〉信号を守らなかったりする車は、子どもたちにとってもっとも危険な存在です。子どもは身体が小さいので、車にぶつかると大人より大きなけがをします。路地に連なる駐車違反の車は、その存在だけで子どもを危険にさらします。道路を渡る前に、駐車中の車と車のあいだから顔を出し、別の車が来ていないか確認しなければなりませんが、まだ背の低い子どもにとってはそうやって確認すること自体、危険を伴います。大人にとっても危険ですよね？　しかも、多くの子どもはそこまで頭が回らないまま、ボールを拾おうと、友だちを呼びにいこうと走っていきます。ドライバーからすると子どもが「飛び出してきた」ように見えるかもしれませんが、子どもからすると車がいきなり走ってきたわけです。子どもの通学路を歩いてみるだけで、「スクールゾーン」がなぜ必要なのか、ひしひしと感じられます。

ソルタンイをなんとかなだめて道路を渡ったあとに見てみると、子どもたちは後ろを振り返ることもなく学校に入っていきます。友だち同士おしゃべりをし、誰かに「おはよう！」と言いながら。「前を見て！」をもうちょっと優しく、「前を見て～」くらいの口調で言えばよかったかなと、ちょっと後悔します。とはいえ、再びそういう状況になったら、また厳しい口調で言いそうな気がしますが。

ともかく、つかの間ながら、子どもたちと朝の時間を共有できたのがうれしかったです。ソルタンイと同じように、わたしもちょっと軽快に歩いてみます。一日の良い「気」はすべて朝にあるというのは本当でした。

어린이가 건너고 있어요
STOP

別の世界の朝

イギル・ボラ

外国語を学ぶとき、「朝」という単語は比較的早い段階で学習します。朝、昼、夜、午前、午後といった単語は基礎的な語彙にあたるからです。「いい朝ですね」とあいさつするためにも「朝」という単語を学ばなければなりません。

手話の世界でも同じです。基礎クラスの授業では「アンニョンハセヨ?」「あなたの名前はなんですか?」などの基礎的な単語や表現を習います。ところが、先生が「朝」という単語を手話で表しながら説明すると、こらえきれずに吹き出す人がいます。戸惑いの表情を浮かべる人もいます。「朝」を表す手話の動作の一つが、聴者がスラングとして使う、中指を立てた手の形と似ているからです。

「朝」は手話でこう表します。まず左手で山の形を作り、右手では親指と人差し指で輪を作ります。山の下から上へと、ちょうど太陽が昇るように右手の輪を上げていく動作が「朝」です。山の下に隠れていた太陽が昇り、夜が明ける様子を表しています。拳を握った左手の人差し指は半ば伸ばし、中指はまっすぐ伸ばします。すると山の形になります。人差し指と中指が山の稜線を表しているのです。これが手話の「山」です。左手が山で、右手が太陽。山の下から太陽が昇れば「朝」、空のてっぺんから太陽が沈めば「日が沈む」「夕方」という意味になります。

手話をよく知らない人たちは、山を表す手話を見て大笑いしたり、恥ずかしそうな顔をしたり、気分を害したり、あるいは隣の人と「うわ！　これが山なんだって！」「山、山、山」とふざけたりします。手話を学習する場でよく見られることです。

でもわたしは笑えません。人差し指を半ば伸ばし、中指をまっすぐ伸ばすこの動作は、手話を第一言語、母語として習得したわたしには、「fuck you」を意味するスラングではなく「山」だからです。一度や二度なら、まあしょうがないかとやり過ごします。けれど、聴者たちが爆笑したり、机を叩きながら笑ったり、「山」の手話を使って手話自体を茶化したりする姿を何度も見せられると、「はあ、またか」とため息が出てきます。手話を一つの言語として捉えず、音声言語を基準にして軽んじたり、見下したりする行為だからです。何より、そういうことが一度や二度ではないという事実にうんざりします。

ここで話をちょっと広げてみましょう。わたしのパートナーは日本の福岡出身です。彼は、自分が福岡の空港コードを口にするたびに外国人たちが笑い転げるという話をしてくれたことがあります。福岡の空港コードはF、U、K、FUKです。「fuck」というスラングと発音が似ています。

わたしたちは、ある言語をベースにして別の言語を学びます。韓国語をベースに英語を学び、韓国語をもとに韓国手話を学びます。言語は、わたしたちが世の中をどのように捉えるかを決定づけます。高麗《コリョ》大学独語独文学科のホ・バル名誉教授は「母語はわれわれに、音声的な名称だけでなくそれに関連する概念をも提示」※すると述べています。母語とともに獲得した語彙や形式は、人間のあらゆる知的行為の礎《いしずえ》として機能し、あらゆる行為の成果に痕跡を残す、また、われわれの世界観や思索は母語的、概念的知識に基づいており、ほぼ生涯にわたって、その枠を超えることは難しい、と。

音声言語は、声を出して話せる聴者を中心に作られた言語です。聴者の認識概念を反映した言語なので、音声言語を学ぶ人たちは無意識的に聴者の枠を踏襲することになります。

別の言語を学ぶときのことを考えてみましょう。韓国語で話し考える自分と、英語で話し考える自分、韓国手話で話し考える自分、日本語で話し考える自分。どこか少しずつ違っていませんか？　敬語のない英語の世界では、よりフレンドリーに、ストレートに意思を表現します。声のトーンも少し変わりますね。日本語ではやや遠回しな言い方をします。韓国語で話すときのように敬語も使います。日本の文化に合わせて相づちのうなずきを多めにし、心にもない遠慮をすることも多くなります。わたしの場合はそうでした。相手の目を見て話す視覚言語である韓国手話では、よりストレートに話をします。遠回しに言わず、正確に表現し、指示します。使う言語がなんであるかによって、声や表情、仕草、認識体系が変わってきます。それらに基づいて世の中を捉え、解釈するのです。

どんな言語をもとに世の中を捉えるのか、という点について、自分自身のことを振り返ってみます。かくいうわたしも、先に挙げたような失敗をしないわけではありません。子どものころ中国語を習っていたのですが、「你吃饭了吗（nǐ chī fàn le ma）？」（ご飯食べた？）の発音が韓国語の罵倒語と似ていて笑ってしまったことがあります。笑うなと言うのではありません。ただ、その言語を使用し、その言語によって形成された文化を有する当事者の前でケラケラ笑うのは、また別の意味合いを持つということです。相手の言語や文化を見下し、軽んじる認識が含まれているのです。

わたしにとって「山」という手話は、文字どおり「山」です。山以外の何ものをも意味しません。言語と言語のはざまに立ち止まって考えてみます。言語を学ぶというのは、ある一つの世界、認識体系を受け入れることです。つまり、新たな言語を学ぶというのは、新たな認識体系をもとに、新たな視点で物事を見ることであり、同時に、新たな物語と出合う過程でもあるのです。もう少し思慮深く丁重な態度で別の世界へと渡っていきたいものです。その世界とまっとうに向き合おうとする人たちと出会いたいです。そういう出会いの瞬間がもっと増えればいいなと思います。

※「〝言語はわれわれが世の中をどう捉えるかを決定づけます〟」、韓国日報、二〇一三年三月一二日付

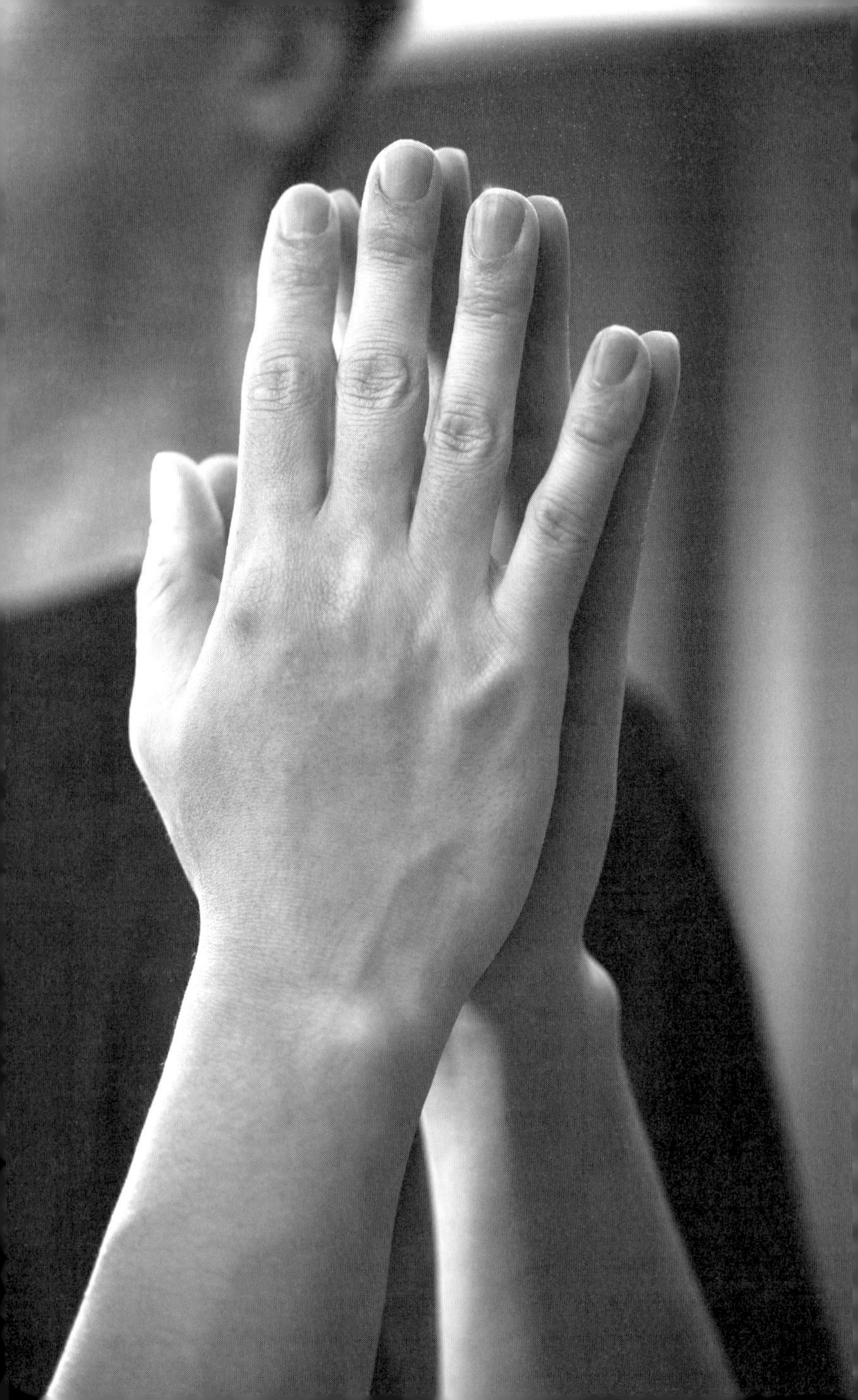

猫がまだ夢うつつの朝

チェ・テギュ

みなさんは朝何時に起きますか？　目覚めたときの気分はどうですか？　わたしは田舎で動物病院を運営していたころ、たいてい五時か六時に目を覚ましていました。牛を飼育している人からの電話で起こされることもよくありました。寝ぼけ声で電話に出ると、相手は、起こして悪かったと思いつつも謝るのも照れくさくて「まだ寝てるのか？」と慶尚北道北部《キョンサンプクト》のなまりで、つっけんどんに言います。農作業というのは日が昇る前に畑に出ておかないと仕事にならないので、村の人たちはみんな早起きなのです。

牛を飼育する人たちが朝起きて真っ先にするのは、夜のあいだ牛に変わったことはなかったか、生まれたばかりの子牛はしっかり乳を飲んでいるか、発情して人工受精をさせるタイミングになったかどうかを確認することです。確認したら、急ぎの用件であろうとなかろうと、とりあえず獣医に電話をします。なかには「駆虫剤を買いたい」という、まったく緊急性のない用件で朝五時に病院前から電話をかけてくる人もいて、そういうときはわたしもさすがに腹を立てたものです。早起きが習慣になると特に用事がなくても朝早く目が覚めるので、犬たちを連れて川辺に行き、日差しの強い真昼にはできない水遊びをしたり、山に登ったりしていたのも懐かしい記憶です。犬も早起きなのです。

いまは再び都市生活をしているので、わたしもだんだん夜型人間になりつつあります。毎朝八時に家を出るのですが、毎日同じ時間に起きるだけのことがどうしてこうも難しいのでしょうか。わたしが朝寝坊なのは、もう少し寝ていたいという気持ちに勝てないせいでもありますが、連日明け方に猫に起こされて睡眠の質が良くないという理由もあります。わが家の初代の猫だったモモは、歳をとるにつれ、夜眠らなくなりました。高齢なので身体のあちこちにガタがきていたし、もしかしたら認知障害も少しずつ出はじめていたのかもしれません。高齢の猫や犬が認知症になるのはそう珍しいことではありません。ただ動物の場合、認知症かどうか人間には容易に判断がつかないため、歳をとって行動パターンが変わったのだろうと考えがちです。動物の認知症で一番多い症状は、眠る時間帯が変わることです。高齢の動物が、もともと眠っていた時間帯に眠らず、鳴き声をあげながら歩き回っているなら、身体的な痛みのほかに認知症を疑ってみてもいいでしょう。人間と同じく、動物の認知症も治療は困難です。ただ老化の速度を若干遅らせる努力ができる、という程度です。歳をとったモモは、まるで牛を飼育しているおじさんたちのように、朝五時になるとわたしを起こしました。

歳をとった動物に限らず、人間を除くほとんどの動物は早起きです。あ、もちろん夜行性の動物は別です。「早起きの鳥が虫を捕まえる」〈早起きは三文の徳〉ということわざは、実は、鳥ではなく人間を諭すための言葉なのです。早起き云々言わなくても、鳥たちはもともと早く起きます。日が昇って気温が上がりはじめると、それにつれて体温の上がった虫たちが活動を始め、鳥たちはその虫を捕まえて食べるために早く起きるのです。食物連鎖によって、ほかの動物たちも朝早く起きる必要が出てくるわけです。人間以外の動物たちはこのように、必要なときに起きて活動し、みんなが身体を休めている真昼や何も見えない夜になると眠るのです。

人間は、その食物連鎖のピラミッドを外れて久しいからでしょうか？　ほかの動物たちの朝と比べると、唯一人間だけが朝から疲れているように見えます。また、人間は動物の中で唯一、伝統的な意味での労働をする存在なので、そのため朝を迎えるのがつらいのかもしれません。生存と繁殖に必要なことだけをするなら、人間の朝もそれほどつらくないのかもしれません。けれど、われわれの祖先が労働を始めてしまった以上、朝を気持ちよく迎えるためには、

「早起きは三文の徳」などの格言を自分に言い聞かせ、登校や出勤の時間をみずからの宿命と受け入れるしかないでしょう。夜が明けるころにおもむろに起きだし、まだ夢うつつの猫を眺めつつ、何かに遅刻しそうだとハラハラしなくてもいい、そしていつでも寝たいときにまた寝られる、そんな日がいつかはやってくるのでしょうか？　想像するだけでうっとりしますが、とりあえず今世では無理でしょう。ならばせめて、来世では猫に生まれますようにと期待してみます。

「繰り返されるリズム」

チェ・テギュ

わたしはいま、江原道華川《カンウォンドファチョン》にある臨時宿泊施設の部屋で、ゆったりとした音楽を流し、原稿を書こうとノートパソコンの前に座っています。飼育熊〈本文一九三ページ参照〉の農場で世話をしている熊たちに運動場を作ってやるため、数日間滞在しているのです。胆のうを採取する目的で四〇年間、熊を飼育していた農場に囲いをつけ、熊たちがコンクリート床の飼育場から「熊の森」へと歩いていける空間を作る工事をしています。木に登ったり、泳いだり、土を掘ったりできる空間です。そのため最近は一三頭の熊としょっちゅう顔を合わせています。ひっそりした農場で暮らしていた熊たちは、いきなり工事の騒音に襲われ大きなストレスを受けています。掘削機やグラインダー、鉄のぶつかる音が熊たちの耳をつんざきますが、それらの音について熊に説明してやる術がありません。

熊たちは長いあいだ飼育熊の農場で、非常に静かで単調な生活を送ってきました。人気《ひとけ》のない場所で、農場主が一日か二日に一度食事を運んでくることが、熊たちの日常でもっとも大きなイベントだったのです。鉄格子の外には熊たちが本来慣れ親しむべき森が広がっていますが、そこは自分たちには手の届かない場所だということも、彼らは悟っていました。時間はゆっくりと過ぎていきます。鉄格子の外に出られるかもしれないという期待を抱くことも時にはあったかもしれませんが、きっと、その淡い期待は毎回打ち砕かれてきたのでしょう。短く設定された食事の時間が唯一の刺激だったのかもしれません。

けれど、活動家たちが熊の世話をするようになってから、熊の生活リズムは変化を迎えています。食事は一日一回ドッグフードのみでしたが、トマトやニンジン、キャベツ、カボチャ、トウモロコシをはじめ、さまざまな食材へと変わりました。食事タイムも一日三回に増えました。資金不足でまだ実現できていませんが、できれば、熊の世話をするメンバーを増員したいと考えています。食べ物の与え方も工夫しています。床に置くだけではなく、木から実をもいで食べる感覚を楽しめるよう、消防ホースを編んで作ったブラウザー※やハンモックに吊るしたりもします。そうすると熊たちには、狭い空間でも身体を動かす動機が生まれるのです。

多彩な食べ物を、何度かに分けて、複雑なやり方で与える理由は簡単です。野生の熊たちの食事パターンにならっているのです。熊の身体は毎日動き回るようにできているのに、農場や動物園のように飼育された状態では、身体を動かす動機が常に不足しています。それで、心と身体の筋肉が落ちてしまうのです。そのことによる「退屈さ」は、熊の精神衛生面に深刻な悪影響を及ぼします。「退屈さ」くらいで何を大げさな、と思うかもしれませんが、それは、人間が野生動物をどこかに閉じ込めて飼育する際に、動物に抱かせないようもっとも注意しなければならない感情なのです。

熊は生まれつき、一日じゅう何かを探して歩き回る生体リズムを持っています。探し歩くべきものが何もなく、一日に一回ドッグフードだけが、それも極めて単調なやり方で与えられるとしたら、熊の日常はどうなるでしょうか？　人間の持ってくるドッグフードを待ち、匂いを嗅ぎ、噛んで飲み込むことが唯一の刺激だとしたら、それ以外の時間にはいかなる行動の動機も与えられないとしたら、熊は一日一日をどうやって耐えればいいのでしょうか？　死をみずから選ぶこともできるわれわれ人間であれば、そんな環境では生きる意志を失ってしまうかもしれません。熊には、毎日木に登り、新しい匂いを追うリズムが必要なのです。

ゆえに、動物をきちんと世話するというのは、動物に必要なリズムがどういうものかを彼らに問い、それを見つけだすことなのです。そして、毎日繰り返されることでも、繰り返しだと感じさせないよう変化をつけることです。ただの繰り返しなら、それはリズムではありません。繰り返しの中にもときめきを与えてくれるような変化がちりばめられていてこそ、良いリズムと言えます。そのリズムがどういうものか頭を悩ませ知恵を絞ることは、互いを理解していくための過程です。その過程が、動物を理解するうえで必要なリズムなのです。

熊の世話をする活動家たちは朝八時に、熊たちが閉じ込められている場所へと出勤します。野生の熊なら日が昇るころすでに活動を始めているはずですが、閉じ込められている熊たちにはそうする理由がありません。出勤してくる活動家の車のエンジン音や朝食を準備する物音に、交感神経が興奮しはじめます。両手いっぱいに熊のご飯を抱えて熊の家に向かって坂道を上る人間の息が上がってくると、熊も期待感で息が荒くなります。日課に合わせて動く活動家たちの頭の中は「狭いところに閉じ込められている動物の日常に、どんな変化をもたらしてあげられるか」という創意工夫であふれています。

丸太や、中が空洞のプラスチック製ブイ（浮標）に穴を開けて、中にエサを隠したりもします。人間が二人は入れるくらい大きなたらいでプールを作ったりもします。ある日はクワの木、ある日はカエデの木が、無数の微生物や昆虫の匂いとともに、熊のいる空間に運び込まれます。香水や塩辛、香辛料など、熊の日常に存在しない匂いの粒子を、熊の生活空間のどこかにつけておいたりもします。鉄格子の外からシャボン玉を吹いてやるとつかまえようとする熊もいます。活動家たちは、熊が予測できないような刺激を生み出して退屈さを紛らわしてやります。

このように、人間が動物と出会う場所では、相手のリズムを探索し、それに影響を与え合う出来事が毎日起こります。そこでのリズムは、相手を驚かせない範囲で、多彩であるほど良いのです。わたしの好きなリズムは、心臓がゆっくりと、あるいは速く打つようにしてくれるリズムです。朝起きて自分を奮い立たせる必要があるときはカフェインのリズムが良いし、不安なことを前にしているときは大丈夫だよと背中を撫でてくれる長い呼吸のリズムが良いです。生活のリズムというのはたいてい、さまざまな出来事に隠れていてあまり目立ちませんが、生活を続けていけるよう呼吸や心臓の拍動を整えてくれます。熊たちもきっとそうだろうと信じています。

※　動物が興味を持ちそうな木の枝や果物などを挿しておき、それを引き抜いて食べるという自然な行動を促す採食エンリッチメントの道具

2 部

ささやく物たち

속삭이는 사물들

텔레비전

テレビ

テレビと多様な「裸」たち

キム・ウォニョン

二〇一六年にイギリスで放映が始まり、二〇二二年現在、シーズン9まで続いているデート番組「ネイキッドアトラクション（Naked Attraction）」を見たのは数年前、ロンドンのあるホテルでのことでした。部屋のテレビをつけてベッドでごろごろしていたところ、出演者がみずからの魅力をアピールしカップルとなる相手を見つけるという番組が流れてきたのです。英語をはっきり聞き取れなかったのでぼんやりと画面を見ていたのですが、そのうち、武術スクールで子どもたちを教えているという出演者が自身の遺伝性難病について言及しました（そのあたりから彼の英語がしっかり聞き取れるようになりました）。三〇歳くらいとおぼしきその男性は、自分は四〇歳までしか生きられないらしい、という話もしていました。司会者が男性にインタビューしているあいだ、彼とのマッチングを待つ六人の参加者はステージ上の色とりどりのブースの中で待機していました。

病気を患っている人がデート番組に出演しているという事実は新鮮でした。長くはない余命を口にしながらも、彼は堂々としていました。ところが、わたしはほどなく、もっと驚く場面を目撃することになるのです。ブースの中で彼の「選択」を待つ六人の参加者が少しずつその姿を現していくのですが、なんと彼女たちは全員裸だったのです（地上波で放送して大丈夫なんでしょうか？）。彼女たちの身体を隠していたすりガラスが下から上へとゆっくり上がっていくにつれ、その姿があらわになっていきます。足の指から膝、性器、骨盤、胸、顔まで、順に。この番組は、イギリスで議論を巻き起こしはしたものの、それと同じくらいすさまじい人気も集めたといいます。

デートの相手をその人の身体、それも裸だけを見て選ぶというやり方は、人間の身体を商品化するポルノグラフィーではないのかという思いが浮かびました。一方で、韓国のデート番組はどうでしょうか？　参加者たちは裸をあらわにはしませんが、その代わり、公務員試験に合格したとか、医者であるとか、どの大学を出たといった社会的地位や経歴で武装し、相手を誘惑します。「ネイキッドアトラクション」では、足の指やお尻は見せてくれますが、その人の職業がなんであるかは、最終的な選択を終えるまで明かされません。司会者と出演者はデートの候補者たちを見ながらあれこれ会話を交わします。「わたしはこういう肌の色の足がいいです」

といった類《たぐい》の「品評」が果たして「わたしは整形外科のお医者さんがいいです」「わたしは〇歳以下の人がいいです」といった評価よりも俗物的であると断定できるでしょうか？

人の裸を地上波でさらしてああだこうだと意見を交わすのは、それでもやはり問題があるのではないかとの思いは拭いきれません。ですがこの番組は、その「問題」に足を取られることはありません。裸をさらしている参加者たちの身体が、多くの人が当たり前に思っている「身体」ではないからです。わたしが初めて見たその日の放送で、すりガラスが上がりそこに現れた脚は六人六様でした。それぞれ肌の色は異なり、年齢層もさまざまで、杖をついている脚もありました。杖の女性は多発性硬化症を患っていると言いました。彼女は最後の一人に選ばれることなく途中で脱落したのですが、それは多発性硬化症のせいだったのでしょうか？　そうかもしれません。ですが、障害や慢性疾患に対するさまざまな社会的考慮やスティグマ、過度な意味付けの結果としてではなく、ただ単に複数の「裸」の中から選ばれなかったという事実に対し、彼女はがっかりしているようには見えませんでした。「わたしはあの人の好みではなかったようね」くらいに思っていたのかもしれません。

「ネイキッドアトラクション」に出演する「身体」は多種多様です。歳をとった身体もあれば、性的指向や性自認もさまざまです。腹がたるみ、筋肉のない身体も多いです。そこは、ボディープロフィール〈運動や食事制限で引き締めた身体を撮影した写真〉のために何カ月も炭水化物を我慢し運動で筋肉をつけた二〇代の身体を競う場ではありません。その番組の舞台は、各種の社会的スペックを身にまといデート市場で競い合う「自己商品化競争」よりも、はるかにダイナミックでプリミティブでありながらも「文明的」に見えます。

文化的に保守的な社会は、人間の身体や欲望を厳重に包み隠して統制することを求めます。テレビという大衆媒体では身体をあらわにすることができません。ちょっとでも大胆な試みをしようものなら、たちまち「淫乱だ」とか「家族みんなで見るのに具合が悪い」といった批判が出てきます。一方で、市場経済や自由主義の思想が先鋭化した社会では、人間の身体や欲望のあらゆる要素を「商品」に仕立てて売り出します。売れるものはなんでも許容され、大衆媒体全体が巨大なホームショッピングと化すのです。けれど、人間の身体や欲望の真実を勇敢かつ自由に表現しつつも、ただの「ホームショッピング」ではない、人間の身体や愛や欲望を真剣に尊重する番組を作ろうとする人たちもいます。「ネイキッドアトラクション」がシーズン9までどうやって続いてきたのかはわかりません。ただ、この番組が、ある時点では確かに、人間の欲望を勇敢に表現しながらも、もっとも「文明化された」やり方でそれを尊重しようと努力していたことは間違いありません。

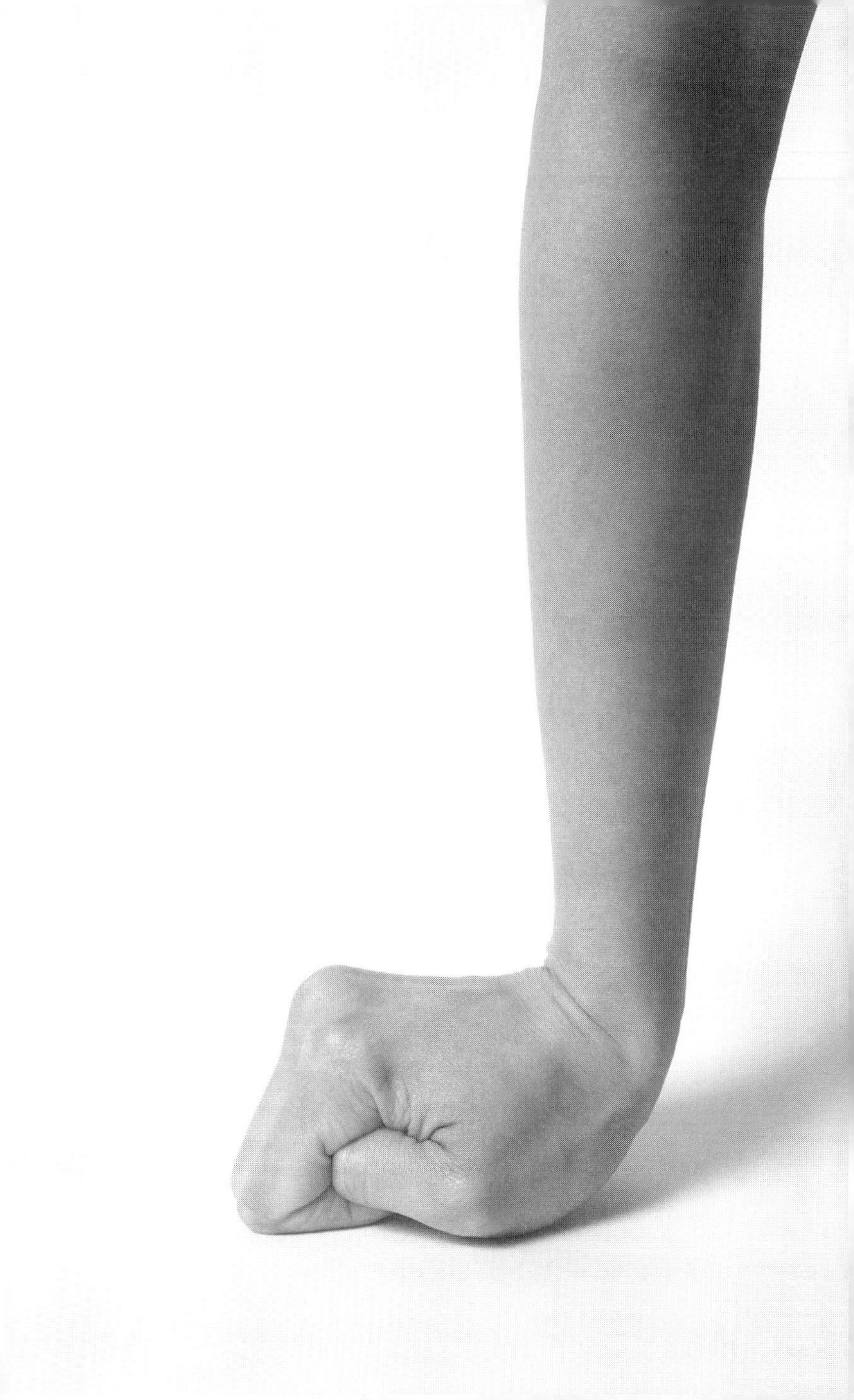

三分でいいのでしょうか？

キム・ソヨン

わたしは、好きなドラマや映画は何度も繰り返し観ます。数十回観た映画も何本もあります。画面の前に座って、笑える台詞が出てくると真似して言います。俳優のカッコいいアクションはスローモーションで何度も観ます。掃除や洗い物などの家事をするときに流しっぱなしにしておいて、BGM代わりにしたり、ちらちら見たりもします。以前はビデオテープやDVDを使っていましたが、最近はオンラインストリーミングサービスのすばらしさを堪能しています。便利さが以前の比ではありません。好きなときに好きな映像を観られるというのは、その昔「未来のテレビ」として描かれていた姿そのものでしょう。

ストリーミングサービスを利用するようになってIPTV〈インターネットを利用してテレビ映像を配信するサービス〉はすぐに解約しました。初めは、「テレビのチャンネルと決別する」ことがまるで、社会に通じるドアを閉じる行為のように思えて不安でした。でも実際には、ストリーミングサービスはおもしろいコンテンツの宝庫で、これまでその存在さえ知らなかった世界各国の映画やドラマ、ドキュメンタリーが本当にたくさんあって、むしろ見聞が広がったような気がします。どれから観ようかと物色するのも楽しいものです。

そして、重要な事実にも気づきました。ストリーミングサービスの真のメリットは、見たくないものを隠してくれることだったのです。チャンネルを変えるときに否応なしに目や耳に入ってくる残忍なシーンや不快な冗談から解放されました。見たいものだけを見られるようになったのです。社会の問題なんかはSNSである程度はわかるし、むしろ、信頼できる人たちの発信する、必ず必要なニュースだけを見られるので、それなりのメリットはあると考えていました。どのみちテレビのニュース番組も、信頼できるものがないからと手放したところだったので。

ところがここ数日、そういう「好きなように見るテレビ」について、ちょっと違うことを考えています。ある席で「子ども関連で、こういう番組があったらいいな、と思うものはありますか?」と質問されたのがきっかけです。わたしは、以前書いたことのある内容と普段考えていることを合わせて、こう答えました。

「最近のテレビ番組は、子どもの姿が両極端に描かれているように思います。かわいくて純真で愛らしいタイプの子どもと、大きな問題を抱えていて専門家の助けが必要な子ども。いろんな意味で、大人たちが見たいように描いているように思えます。わたしは、大人には耳の痛いようなことも含めて、子どもたちが心置きなく話せるような番組が観てみたいです。一日にほんの五分でも、三分でもいいと思います。子どもたちの不満や最近考えていること、あるいは友だちの話、好きな食べ物の話もいいでしょう。子どもたちに一日に三分譲ってあげるのは、そんなに難しいことでしょうか？」

そのときは、我ながらなかなか良い回答だ、ちょうど答えられる質問でよかった、とまで思っていたのですが、時が経つにつれ、自分の言ったことが心に引っかかるようになりました。何かが不十分だった気がするのです。話の内容が不十分だったのは明らかなのに、それがなんなのかわからない状態。それはつまり、もっと考えてみるべきだ、ということです。だから考えてみました。

まず、本当に「三分」でいいのか、が問題でした。一日二四時間、つまり一四四〇分のうち、子どもにカメラとマイクを譲ってあげる時間は三分で十分《じゅうぶん》なのか？　子どもは大人に比べて数が少ないからそれでいいのか？　大衆に向けて自分の話をする機会はどうやって分配されるのだろう？　人口の比率？　経済力？　権力？　子どもの問題について考えているといつもそうなのですが、今回もわたしの思考は少数者の問題へと広がっていきました。「テレビに出られたらいいのにな」〈「テレビジョン」という童謡の歌詞の一部〉と思っている、自分の話に耳を傾けてほしいと切実に願っている人がいるとしたら、それはきっと、子どもをはじめとする弱者たちでしょう。より力のある人が、テレビ画面までより多く掌握すべきなのでしょうか？　その逆であるべきではないでしょうか？

かくいうわたしも反省しました。騒々しいバラエティー番組や、見るのも恥ずかしいコマーシャルを避けるという理由で「快適なテレビ」を選択したけれど、そのことで、他人への関心も選択の問題になってしまったのではないだろうか？　普通は、「ではないだろうか？」で終わる文章は、「ではない」のではない、のだけど……。

子どもが生活上の不便な点を発信する番組があるといいなと思います。公共施設の手指消毒薬の設置場所が高すぎるとか、公衆トイレの手洗い場に踏み台が必要だとかいう話ができる番組。動画の話なりゲームの話なり、子どもたち同士で情報を交換する時間もあるといいでしょう。スポーツ選手や俳優、政治家など、有名人が子どもと対談する番組も考えられますね。子どもが専門家に直接悩みを相談する番組はどうでしょうか？　クイズ番組はいつでも歓迎です。きっと大人にも役立つはずです。「子どもが」行ってみたい場所を代わりに旅する番組もおもしろいでしょう。

もしかしたら、そういう番組はすでに存在しているのかもしれません。もしそうなら、わたしのようにその存在を知らなくて見ていない人もいるかもしれないので、もっとどんどん宣伝しないといけません。チャンネルを変えている途中でふと目にするくらい、ストリーミングサービスにもサムネイルが表示されるくらい、番組が増えるべきだと思います。やはりわたしの発言は間違っていました。子どもが画面に登場する時間、三分ではとうてい足りません。

ろう者である母と一緒に観るテレビ

イギル・ボラ

子どものころ書いていた日記を読んでみたことがあります。七、八歳のころのボラはこんなことを書いていました。

「お母さんと一緒にテレビを観た。お母さんは音が聞こえないので隣で通訳をした。将来お金をいっぱい稼いで、お父さんとお母さんに字幕受信機を買ってあげたい」

お金をたくさん稼いで何かを買えば、ろう者である母も不自由なくテレビを観られるだろうと考えていたのです。

わたしは「女人天下《ヨインチョナ》」や「大長今《テジャングム》」など、女性が主人公の時代劇が好きでした。問題は、母も好きだということです。物語に没入し、目を見開いてテレビに集中していると決まって、横から母がわたしの腕をトントンと叩くのです。

「何？　なんて言ったの？」

わたしはイラッとします。全神経を集中させて没入してもまだ足りないくらいなのに、ドラマを観ながら、隣にいる人に手話で説明しなければならないなんて。でもわたしが通訳しなければ、母はあの主人公がいまなんと言っているのか、どうしてあんな事態になっているのか把握する術がありません。主人公がどうして相手の頬をぶったのか、どうしてお膳をひっくり返したのか、どんな策略が飛び交っているのかは、台詞を聞かないことにはわからないので。わたしは若干面倒くさそうな顔で、素早く手を動かして通訳します。画面を見ていた母はこちらに顔を向け、わたしの雑な通訳を見ながら内容を把握します。もちろん、わたしはいつも親切だったわけではありません。物語に完全にのめり込み、わんわん泣いているようなときは、さすがに母も腕を叩くことはできません。母のできることと言えば、口をぱくぱくさせて話している人たちを見ながら何が起きているのか察しをつけ、タイミングを見てわたしの肩を軽く叩き、目を見開いて「何？」という表情を浮かべることだけでした。

時が流れ、いまでは各放送局が字幕放送を提供しています。それ以前は、聴覚障害者を対象とした字幕受信機がありました。若干の政府補助金をもらい、代金を払って購入すると、いくつかの番組は字幕付きで見ることができました。当時は、すべて障害当事者が自腹で購入するのが当たり前と思われていました。いまは違います。音声言語を使う聴者と同等の権利を享受できるよう、関連法に基づいてリアルタイムで字幕が表示され、画面下部に手話通訳の映像も表示されます。

もう母は、テレビを観ながら、何を言っているのかとわたしの腕をトントン叩くことはありません。やや遅れて表示される字幕を見て内容を把握しています。でも、字幕の表示が遅いせいで重要な場面や劇的な場面をワンテンポ遅れて理解する母を見ていると、隣で一緒に観ているわたしはちょっと心苦しく、申し訳ない気持ちになります。

手話通訳もそうです。まず、手話通訳の映像のサイズが小さすぎます。正確に見るためには、特大のテレビを買うか、テレビにかじりついて目を凝らさなければなりません。そもそも手話通訳の映像はどの番組でも表示されるわけではなく、いくつかの主要なニュース番組でしか提供されません。また、手話通訳士が誰であるかによって、わかりやすいときもあれば、表現があいまいで何を言っているのかさっぱりわからないときもあります。手話通訳の質は千差万別なのに、それを検証したり改善したりするのが構造的に難しいからです。そういう状況なので、わたしの両親のようなろう者たちは、放送局や番組ではなく手話通訳士によってチャンネルを選択します。内容をわかりやすく正確に伝えてくれる手話通訳士でないときや、手話通訳が提供されないときは、字幕を見たりチャンネルを変えたりしています。このような場合に、ろう者の情報アクセス権や言語権が侵害されている、と言います。音声言語ではない別の言語を使用するろう者には、聴者と同等な情報の提供を受ける権利が保障されなければなりません。

手話も音声言語も使うわたしはときどき、音を消してテレビを観ます。音から得られる情報なしに母とテレビを観ていると、平等で公平だという感じがします。いえ、実は、音を消すのはうるさいからです。聴覚による情報を排除して目だけでテレビを観ていると、視覚を通して入ってくる新たな音を発見することができます。母の感覚で世界を「見て」「聞く」ようになります。そして想像してみます。音を消してテレビを観ても聴者と同等な情報が得られる世界、ろう者である親が聴者であるわが子の腕をトントンと叩き「なんて言ってるの?」と聞かなくてもいい世界、そんな母にイラッとしたあと押し寄せてくる、なんとも言えない罪責感や申し訳なさを感じなくてもいい世界、そんな世界を思い描いてみます。

テレビの中と外の動物たち

チェ・テギュ

いつのころからか、テレビに動物がよく登場するようになりました。ざっと二〇年前からでしょうか。犬や猫が断然多く、イノシシやキバノロなどの野生動物、愛玩用に飼育されているニワトリや豚の姿もしょっちゅう見かけます。最近は、外国から入ってきた野生動物を愛玩用に飼う人も増えているし、希少な野生動物を、単なる趣味ではなく金儲けを兼ねて飼育している人もよく見かけます。

きっと、わたしのように動物に関心の高い人たちが、そういう番組を「養って」きたのだと思います。とりあえず動物が出ていればテレビでも映画でもなんでも観る、という人が一定数いるので。でも、わたしは最近、動物の出ている番組はあまり観ません。観られない、というほうが正確でしょう。いつからか、動物が無邪気に登場する番組を観ると心の片隅がモヤモヤするようになっていたのですが、いまではもう耐えられなくなってしまいました。動物に対する理解を深めようというより、動物をもっとたくさん飼わせようと、もっと利用させようとしているように見えるからです。

たとえば、野生では顔を合わせることのないライオンとトラを動物園の同じ檻に何頭か入れて事実上戦わせるように仕向けておいて、まるでヤクザ映画のようなストーリーに仕立て上げるだとか、家で飼育するうちに常同行動※をとるようになった野生動物に対して「愛嬌」という見当違いな説明をするだとか、オウムに人間の言葉を教えて「上手！　上手！」とおもしろがるだとか。そんな内容を、笑いながら観ることができなくなったのです。ライオンやトラは人間が楽しむために作ったストーリーのせいで、けがをしたり死んだりもします。人間の言葉を上手に真似るオウムは本来、互いの姿がよく見えない鬱蒼《うっそう》とした森の中で特定の音を各自の名札代わりにするため、多様な音をそっくり真似できるよう進化したのです。複雑な社会性を持つこの驚異的な進化の結果を、鳥かごのオウムに「アンニョンハセヨ」や「バーカ」などの言葉を教えて笑いのタネにしている場面は、オウムの尊厳を傷つけるだけでなく、わたし自身の存在まで否定された気分にさせます。野生動物に対する生態的な観点がなければ、その美しい生命体がただの物珍しいおもちゃに成り下がってしまうのです。

犬や猫のように家で飼う動物は、親しみがあるだけに人気も一番高いようです。犬や猫の適切な飼い方について情報発信する番組が少しずつ増えているのは不幸中の幸いです。ですが、そんななか、実際には犬をいじめているのにまるで訓練しているかのように描き、純血種の犬や猫を繁殖させるのが望ましいことのように演出する、そんな場面が出てくると、わたしは呼吸が荒くなります。動物たちに必要なのはそんなことじゃないのに、と思いながら。テレビには純血種の動物が愛らしい姿でよく登場しますが、彼らが生涯苦しまねばならない遺伝性疾患についての言及はありません。何かを「かわいい」と感じるのは直観的な面もあれば、社会的な面もあるので、わたしたちは自然でない動物の姿までかわいいと感じるのかもしれません。そう感じる人を責めるつもりはありません。

ですが、動物をかわいいと感じさせることで金儲けをしている人たちのことは、よくよく考えてみなければなりません。生きた動物を、人間が食べるために売り買いしていた時代は過ぎ、いまは、かわいがるために動物を直接、間接的に消費する時代になりました。もしかわいくなければ味わわずに済んだ苦痛が、想像もしなかった規模で生まれているのです。講義中にわたしが、伴侶動物ではなく愛玩動物という言葉を使うと、学生たちは不思議そうな顔をします。動物福祉の授業をしている人がどうして「動物」の前に「愛玩」という言葉をつけるのか、と。わたしは、人間と動物の関係を説明するのに「愛玩」のほうがより事実に近いと考えるので、あえて話のタネとして投げかけてみます。伴侶動物という言葉がはやりだしてから、まだ二〇年も経っていません。人間の伴侶のように同等な関係だという意味でよく使われますが、果たしてどうでしょう。人間はかわいがっているつもりでも、人間の空間に閉じ込められた動物がどれほど「伴侶」として生きられるのかは疑問です。庭にリードでつないである犬を伴侶犬と呼ぶのは、やはり間違っていると思います。熱帯魚一匹をコーヒーカップほどのプラスチックの水槽に閉じ込めて、やがて死んでぷかぷか浮かぶときまで配合飼料を食べさせることが、どうして伴侶だと言えるでしょうか。

テレビの中の、作られた、演出された動物たちの姿をかわいいと思う風潮は、どうしてこんなに強くなったのでしょうか？　そもそも「かわいい」という言葉は、無害で弱い存在に対して使われるように思います。とすると、動物をかわいがる心理や行動には、もしかしたら「一方的に支配すること」が含まれているのかもしれません。

ところで、動物たちは実際、それほど無害でも、弱くもありません。自分の力で生きている動物に会いたければ、テレビを消して、近くの裏山に静かに登ってみてください。わたしたちのそばではいまも、実にさまざまな動物たちが、荘厳とも言える生をみずからの力で生き抜いています。双眼鏡を手にそっと近づいていけば、彼らの本当の暮らしを見ることができますよ。

※　動物園の狭い檻の中や不適切な環境で飼育されている動物が挫折を経験し、そのストレスを発散するためにとる異常な反復行動

손바닥

手のひら

手のひらのあいさつ

キム・ウォニョン

思春期を迎えるころ、友人たちとよく手のひらを合わせてみたものです。誰の手が大きいか、指の形はどう違うか、といったことが、身体のあちこちが大きく変化しつつあったその時期、気になっていたのでしょう。手が少しでも大きいと、妙な自負心のようなものを感じたりもしました。わたしのおばたちは家に遊びにくるとよく、手のひらを合わせてみようと言いました。

「ウォニョン、おまえは本当に手が大きいなあ」

実際、わたしの手の大きさは同年代の子たちとそう変わりませんでしたが、足や脚、身長に比べると相対的に大きく感じられたのでしょう。おばは自分のより大きくなった甥っ子の手に手のひらを合わせては、「手からすると、この子の身体はもっと大きくなるはずだったのに……」と、よく残念そうにしていました。

言われてあまりうれしい言葉ではありません。でも、手のひらを合わせるのはなかなかいいものでした。手の大きさを競うためであれ、甥っ子の身体の状態が気になるからであれ、手のひらを合わせることで感じられる相手の手の感触。そして手の向こうに見える相手の顔。

手のひらは、唇や舌と並んで、外部の対象をもっとも敏感に感じ取る身体部位の一つです。わたしたちの脳には、身体部位の中でもとりわけ手を通して入力される感覚刺激に反応する神経細胞が、非常に高い比率で分布しているそうです。視覚障害のある人が物の形態や性質を把握するのに手の指先や手のひらでそっと触れてみるのはそのためです。十数年前、わたしは数人の大学生と一緒にイタリアを訪れました。公式日程を終えて街を観光していた日、みんなでローマのバチカン美術館に行きました。メンバーの中に、声がとても良く、シェークスピアの詩や戯曲が大好きだという英文学専攻の大学生がいました。彼は生まれつき全盲の視覚障害者でした。

入り口の長い列に並んでようやく中に入ると、教科書やテレビでしか見たことのなかった美術品がずらりと展示されていて、わたしは目を見張りました。苦悶する姿がまるで生きているかのようなラオコーン像や、高く巨大な天井を埋め尽くすミケランジェロの「天地創造」を見上げて、あんぐりと口を開けていました。視覚障害のある彼も、その空間を十分に楽しんでいるようでした。異国的な匂い、観光客の口から出てくる各国の言葉……。でも、展示品をじかに鑑賞できるわけではないので残念な気持ちもあるだろう、と思っていました。

そのとき、美術館のスタッフがやってきて、古く貴重な作品の中の一部は、直接手で触れても構わないと彼に伝えました（おそらく、展示品の状態などを考慮して設けられた視覚障害者の観覧基準があったのでしょう）。彼はスタッフに案内され、一般観覧客は一定の距離以上は近づけない展示品の目の前まで行き、注意深く手を伸ばしました。彼の指先は過去の偉大な芸術家の手による作品の輪郭をたどり、手のひらはゆっくりと表面を撫でます。想像もつかないような過去の時空間を手で触るというのは、いったいどんな気分でしょうか。

手のひらで何かに触れることは、目で見たり耳で聞いたりするのとはまったく違う出合いを可能にしてくれます。互いに手を握るあいさつは、それゆえ生み出されたのかもしれません。けれど、なかには握手を、あいさつではなく、相手の感覚器官である手のひらを握力で押さえ込む神経戦に活用する人もいます。たとえばドナルド・トランプ前米国大統領が他国の首脳の手をつかんでいる握手の場面を一度検索してみてください。そういう場面を見ていると、あいさつの方法として握手が常に良いとは言えないような気もしてきます。けれど、相手を心から感じる（鑑賞する）ための、いわば「繊細な出会い」のための握手も、間違いなく存在します。

二〇一二年に放映されたKBSドキュメンタリー「人間劇場」シリーズの「ミレ〈未来の意〉、学校に行こう」編の主人公カン・シネ先生は全盲の視覚障害者で、盲導犬「ミレ」とともに一般学校で教師生活を始めました。家から学校までミレに助けてもらいながら一人で出勤する練習をし、生徒たちの前で初めて授業をする日の前夜には、出席簿に書かれている名前をすべて覚えようと努力します。そうしてやってきた授業初日、ミレとともに無事に学校に到着し教壇に立った先生は、前夜覚えた生徒たちの名前を一人ずつ呼んだあと、自分は姿を見ることができないので一人ひとりと握手がしたいと求めます。カン先生は生徒たちの机のあいだをミレと一緒にゆっくり歩きながら、一人ひとりの前に立って名前を尋ねます。

「だあれ？」

「キム・セヨンです」

「セヨン、はじめまして。きれいな名前ね」

先生はセヨンにそっと手を差し出し、セヨンは先生の手を握ります。※そのとき、セヨンの生まれた年よりも、カン・シネ先生の生まれた年よりもずっと前から続いてきた「未来」が、握り合った二人の手を導いていていました。

手のひら

キム・ウォニョン

※　視覚障害者の教師カン・シネさんの物語は全編ウェブ上で公開されています。カン・シネ先生とご両親、盲導犬ミレとミレを訓練しサポートする人たち、学校の同僚先生たちと生徒たちがともに手を携え、歩んでいくこの物語を、ぜひ読者のみなさんにも観ていただきたいです。ユーチューブで「미래야 학교 가자」というタイトルで検索すると視聴できます。〈1～5部全編の映像　https://www.youtube.com/watch?v=LcLznNF8Jys〉

子どもの手のひら

キム・ソヨン

わたしは子どもと会うとき、なるべく身体に触れないよう気をつけています。そう大げさなことではなく、ただ、頭を撫でたり抱きしめたりしないという程度です。子どもを守るためです。読書の授業は言葉や文字をやり取りする時間なので、しばしば子どもと親しい関係になります。親しくなるのはいいのですが、知らず知らずのうちに子どものパーソナルスペースを侵してしまうこともありますよね。机を挟んで座って会話をするときに生まれる距離。わたしは、目の前の子どもが大きなシャボン玉の中にいると想像するようにしています。

もちろん、シャボン玉を割るときもあります。子どものほうから抱きついてきたときや、子どもの頭に何かがついているとき、何かがうまくできた子どもの背中を思わずポンポンと叩くときなんかがそうです。新たなシャボン玉はすぐにまた作られますが、だからこそ、子どもとわたしのあいだで交わされるぬくもりは一層貴重なのです。シャボン玉が割れた隙に一番よく触れるのは、子どもの手、手のひらです。

子どもの手のひらは温かいです。自分の気持ちをよく表現するnは、わたしにプレゼントをたくさんくれます。

「先生、目をつぶって手を出してください」

nがそう言ってきたときは、後ろに何を隠しているか知っていても知らないふりをして指示に従います。目を開けると、nの手のひらと同じくらい小さな物がわたしの手のひらの上に乗っています。おもちゃのフィギュアや、旅先で拾ってきた石ころ、ちょっとした手紙なんかです。どれも決まって温かいです。nの体温を少し分けてもらったみたいで、なんだかくすぐったい気持ちになります。

子どもの手のひらはべとべとしています。子どもたちが文章を書いている途中、適切な単語が思い浮かばないと助けを求めてきたときや、正書法について質問してきたとき、わたしはよく黒板の代わりに子どもの手のひらに指で文字を書いてやります。わたしはゆっくり書かなければなりませんし、子どもは全神経を集中させなければなりません。すると、その単語や文字について考える時間が長くなります。「教えてあげる」というより「軽くヒントを与える」感じがするのもいいです。

　ところでｔの手のひらは、指で文字を書こうとするたびに、ちょっとためらってしまいます。すでに何かがぎっしり書いてあったり描いてあったりすることが多いからです。こんなに情報量の多い手のひらに指で文字を書いて、果たしてｔはちゃんと判読できるのだろうかと思ってしまいます。手のひらが得体の知れない物質でべとべとしていることも多いです。教室に入ってくるとき、確かに手を洗ったはずなのに……。本当に不思議なことです。悩んだ末、手の甲に書こうとしたこともあるのですが、なんとなんと、手の甲にも文字が、そしてべとべとする何かが……。いったいどうして手の甲に？

　子どもの手のひらはしっとりしています。ｕが、泣き腫らしたような顔で読書教室に来たことがあります。あることでお母さんに叱られたのだと言います。お母さんのお話も聞いてみないとわかりませんが、そして実際、ｕの話をわたしがきちんと理解できていたのかどうかも怪しいですが、とりあえずわたしが理解したとおりなら、さぞかし悔しくて悲しかっただろう、という状況でした。話をしながらｕはまた少し泣いていました。

「そんなにつらいなら、今日は授業を休んでもよかったのに」

　お母さんにもそう言われたけど、とりあえず来たのだと言います。いくら子どもでも、そんなふうに気分の良くない日は家にいたくなかったのでしょう。来てくれてありがとう、今日は特別におもしろい本だけを読もう、絵を描いて気持ちを落ち着ける方法も教えてあげる、と言って握手を求めました。uの手のひらはしっとりしていました。わたしはちょっと長めにその手を握っていました。

子どもの手のひらは小さいです。詩人ユ・ガンヒさんの『手のひらの童詩』という童詩集には、全文を手のひらに書けるほど短い童詩が収められています。読むのも楽しいですし、覚えるのも簡単です。おそらく著者の意図は、小さな言葉から大きな意味を生み出すことだったのでしょう。その意図を理解してみようと、子どもたちと詩の筆写をしました。あらかじめ用意しておいた「手のひらサイズ」の紙は、色紙を半分に、さらに半分に折ったものでした。ところが、いざ配ってみると、紙は子どもの手のひらより大きいではありませんか。子どもの手のひらは、わたしが思っていたより小さかったのです。わたしはそのことが、なぜかいじらしく感じられました。

みなさんには親しくしている子どもがいますか？　手のひらを見せて、と頼んでみてください。何を握っていて、何がついているか観察してみてください。大人の大きな手のひらを見せてあげてください。子どもを安心させてあげてください。シャボン玉を割ってもいい間柄なら、しばし互いの手のひらを重ね合わせてみてもいいでしょう。子どもの存在が新鮮に感じられると思います。

プライドの高い手のひら

イギル・ボラ

わたしはとてもプライドの高い子どもでした。実を言うと、いまもそうです。
四、五歳のころだったでしょうか。母と一緒に高速バスに乗りにいったときのことです。母が、急いでトイレに行きたいと言いました。いつものように、トイレの個室にわたしも一緒に入ります。母はズボンを下ろして用を足しましたが、直後に表情を曇らせました。右手で鼻をかむ動作をし、人差し指と中指をあごに当てて、こう言うのです。
「トイレットペーパーがない」

思いもよらない言葉でした。母はわたしの目を見て言います。

「壁をノックして、隣の人に、下からトイレットペーパーをください、って言いなさい」

今度はわたしが表情を曇らせます。急に何も言えなくなりました。手を動かすこともできないし、なんだか喉まで詰まってきたような気がします。確かにわたしは、母とは違い音声言語で話せる人間なのに、言葉が一つも出てきません。ゴクリとつばを飲み込みました。

いっそお母さんみたいにろう者だったらよかったのに！　神様はどうしてわたしにこんな試練を！　と思いながら、どうすればいいか考えを巡らせました。いきなり壁をトントンってノックしたら変じゃない？　仮にノックするのに成功したとして、じゃあなんて言えばいいの？「あの、わたしのお母さんは言葉を話せないろう者なんですけど。トイレットペーパーをちょっと貸してもらえませんか」って？　どこまで説明すればいいの？

さんざん頭を悩ませていると、わたしの困った顔を見た母が、じゃあ個室から出て、並んでいる人に頼みなさい、と言ってわたしの背中を押しました。

扉が開きました。外に出るしかありません。扉が閉まりました。トイレに並んでいる人たちがわたしをじっと見ています。困りました。

「あ、あの……」

手のひらが汗でじっとりしてきました。この手で拳を握り、隣の扉をノックして「あの、すいません、トイレットペーパーありますか？」と聞かないといけないのですが、恥ずかしくてできません。かといって、そこで順番を待っている人たちに尋ねる勇気もありません。どうすることもできませんでした。

お母さんはわたしを待ってるのに、どうしよう。ああ、でも恥ずかしい。でも、お母さんは音が聞こえないいじゃない。わたしがいま何やってるのかもわからないまま待ってるんだよね。ううん、でもやっぱり恥ずかしい！

チクタク、チクタク。時間が過ぎていきます。いくら考えても、手のひらを上にして両手を差し出し「あの、すいませんけど、トイレットペーパーを少しもらえませんか？」と頼むのは、恥ずかしいことでした。

どれくらい経ったでしょうか。背後の扉が開き、母が出てきました。わたしは顔を上げました。母がわたしを見ています。わたしは何も言えません。母もやはり何も言いません。静寂が流れます。手を洗う母の後ろに立って、わたしは首を傾げました。中で何があったのか、トイレットペーパーなしにどうやって処理したのか気になりましたが、聞くことはできませんでした。申し訳なく、面目がなかったからです。

深くうなだれているわたしの目の前に、見慣れた手のひらが現れました。母は指先を下に向けたあと、手の甲側に軽く振り上げました。「行く」という意味の手話です。そしてわたしに手を差し出しました。大きくて清潔な手のひらです。わたしは、先ほどからずっと握りしめていた手を開きました。母の手のひらの上に自分の手のひらを重ねました。

手のひらを誰かに見せるのは、プライドの高いわたしには本当に難しいことでしたが、母は違いました。おまえのせいで困ったじゃないかと腹を立てたり、わたしに失望したりしてもよさそうなものなのに。もし、もう一度同じような機会があったら、大きく広げた手のひらを差し出して、母に代わって頼もうと思います。そんな日は、再びやってくるでしょうか。

手のひらを重ね合わせる

チェ・テギュ

数年前、イギリスのある動物園で出会ったサルのことが印象深く記憶に残っています。バーバリーマカクという、北アフリカに生息する絶滅危惧種のサルです。寒い日だったので屋内にいたそのサルは、分厚いガラスのすぐ向こうで、わたしと向かい合うように腰を下ろしました。野生で暮らす動物と違い、動物園の動物たちは普通、人間に敏感に反応することはありません。ほとんどの野生動物にとって人間は天敵なので本能的に避けますが、動物園で暮らす動物は、ご飯をくれる人、つまり飼育員のことは好きになり、ご飯をくれない人、つまり来園客に対しては無関心になることが多いです。もちろん、動物の世話がきちんとできていない動物園では、飼育員を嫌う動物もいます。来園客に食べ物をねだる習慣がついてしまった動物もいます。

とにかく、ガラスのすぐ向こうに座っているそのサルは、こちらに視線は向けないものの、わたしの存在は認識しているように見えました。そうなると、動物の関心を引いてみたくなるのが人の常です。知らんぷりを決め込んでいる動物を、「ああ、君は僕に関心がないんだね」と、ただ黙って見ているなんて、なかなかできることではありません。それゆえ、あれほどせっせと「ガラスを叩かないでください」と書いて貼っておいても、みんなせっせと叩くのです。わたしは叩かずに、手のひらをそっとガラスにあてがいました。それでもサルはこちらを見ませんでしたが、わたしの手のひらに気づいているのは間違いありません。なぜなら、サルも自分の手のひらをガラス越しにそっと重ねてきたからです。互いの手のひらが分厚いガラスを挟んで触れ合いました。体温も匂いも感じられませんでしたが、その記憶がいまも強く残っている理由は、もしかしたら、そのサルの手のひらとわたしの手のひらがあまりにもそっくりだったからかもしれません。サルが手のひらをガラスにあてがう瞬間、その無数のしわの一本一本が動く様子まで、わたしの手のひらと本当によく似ていたのです。「手」は本来「人間の手首の先についている身体部位」と定義されますが、サルに対しても「前足」ではなく「手」や「手の指」「手のひら」という言葉を使うことがあるのはそのためです。そっと手のひらを重ね合わせているあいだ、サルも手のひらを通してわたしと同じようなことを感じていたのでしょうか？

わたしと手を重ね合わせることが一番多かった動物はホドゥ〈クルミの意〉です。黒いレトリバーのホドゥは、ともに過ごした一四年間、わたしの手のひらに自分の手のひらをよく乗せたものです。わたしが「お手」と言って手のひらを差し出すと、その上に自分の手を乗せるよう訓練されていたのです。「お手」の訓練は、犬を飼っている人たちが遊び感覚でよくしますよね。一般的に犬の手は「手」ではなく「前足」と呼びます。人間の手と比べると、機能や形態がずいぶん違います。でも、どちらが正しい言葉か、はっきりさせる必要はないでしょう。前足でも手でも、犬には関係のない、人間の言葉なので。とはいえ、犬を訓練するときに、「お手！」ではなく「前足！」とか「足！」とか言う人は見たことがありません。人間が犬に「お手」と言うときは、前足を握りたいのではなく、手を握りたいという気持ちなのだと思います。犬は人間とはかなり違うやり方で気持ちを表現しますが、人間は、自分流の気持ちの表現として差し出した手に、つまり自分の好意や信頼に、犬が同じやり方で応えてくれることを望みます。そうやって人間と犬は少しずつ、互いの気持ちをよく理解できるよう進化してきたのです。

手のひらにエサを乗せて差し出したときに、動物がわたしを怖がらず、手に噛みつくこともなく、楽しそうな表情で食べてくれるとうれしいものです。その動物が犬である場合もうれしいですが、犬よりも人間に距離を置く猫であれば、もっとうれしいです。牛のように用心深い動物が、大きな舌と唇を使ってわたしの手のひらをベトベトにしながら食べてくれると、信頼されている感じがして幸せな気分になります。スズメやヤマガラなどの野生の鳥が手のひらに乗ってエサをついばんでくれると、まるで修道僧にでもなったような気分になります。人間のように身体が大きく獲物を選ばない捕食動物の手のひらに小さな鳥が心を許して乗るというのは、生存のために数万年をかけて身につけてきた警戒心を少し緩めてもいい時がきた、というサインかもしれません。そうであるなら、わたしたちの差し出す手のひらに応えてくれる動物たちが安心して暮らせるようにしてあげる時がきた、ということではないでしょうか？

책

本

本の物性

キム・ウォニョン

「本の物性」が好きだという人は少なくありません。本の内容はもちろんのこと、文字がぎっしり印刷された紙の束自体が好きだということでしょう。わたしもその一人です。電子書籍もときどき読みますが、やっぱり紙の本のほうが好きです。電子書籍より目が楽ですし、何より、紙の本は本棚やベッドのどこかに置いてあるので、電子書籍のように意識的にクリックしなくても手に触れます。紙の本を買って、読まないまま生活空間のあちこちに置いておくと、そんなふうに「たまたま」手に触れて読みはじめるということもあるわけです。

そうしたメリットに加え、紙の本の「物性」が、わたしにとっては本当に重要だったという点を強調しておきます。初めて本の有用性を感じたときのことを振り返ってみましょう。わたしは中学に入学して車椅子生活を始めました。障害のある生徒たちの通う学校なので、車椅子での移動に困ることはありません。ただ、お尻の下に敷く適当な厚さの座布団がありませんでした。当時使っていたのは体型に合っていない大きな車椅子で、わたしは背が低いので身体が車椅子に埋もれてしまったのです。車椅子用座布団を購入するという案は思いつかず、まずは学校の図書館に行って厚い百科事典を借りてきました。図書館には少々申し訳ないことですが、それを車椅子の座面に敷いて座ってみました。

一冊敷いて座ると、座高がかなり高くなりました。試しにもう一冊敷いてみると、世界をもっと遠くまで見ることができました。そのときからです。わたしは、いわゆる「レンガ本」に執着する人間になったのです。厚い本の上に座って世界を見ると、ほかの人たちには見えないものまで見ているような気がして、どこか意気揚々とした気分にもなりました。

ただ、問題もありました。腰が痛くなってきたのです。ふかふかの座布団ではなく硬いハードカバーの百科事典を二、三冊敷いていたので、当然背骨に大きな負担がかかりました。でも、本を手放すわけにはいきません。たとえ車椅子に座っていても、自分の到達できるもっとも安定した高みからこの世界を見渡したかったからです。そこで、本を手放す代わりに、三〇〇ページほどのエッセイ本を車椅子の背もたれと背中のあいだに挟んで身体の支えにしました。うんと楽になり、より安定感が得られました。レンガ本が世界をより遠くまで見えるようにしてくれたとしたら、三〇〇ページのエッセイ本はわたしを後ろから支えてくれたのです。日々を耐え抜く力がそこから生まれました。

時には、身体の両脇に本を挟んでおくこともありました。あまりにも硬い洋装本ではダメで、厚すぎるのもいけません。二〇〇から二五〇ページの本を身体の両脇に挟んでおくと、車椅子と身体のあいだにできる隙間のせいで姿勢がゆがむのを防げました。両脇に挟む本は、尻に敷く本や背中の支えにする本とは違い、背表紙が人の目に触れます。なので、本のタイトルには神経を使わざるを得ませんでした。誰と会うのかによって、両脇に挟む本を注意深く選んでいました。

たとえば社会科学の古典の一つに、カール・マルクスの『共産党宣言』という本があります。社会学や経済学、政治学を学ぶ大学生なら、授業時間にたいてい一度は読む本です。大学で友人たちに会うときはそういう本が適していました。教養があり、社会批判の意識を持っている学生であることをさりげなく伝える効果があったので。一方、海兵隊出身で、ゴリゴリの反共意識で武装した、一九五〇年代生まれの母方のおじに会う日には、特に注意しなければなりません。無用な論争に巻き込まれたくはありませんから。

高校を卒業するまで、薄いパンフレットのような本かノートを丸くして太ももにかぶせ、包帯で固定していました。その状態で車椅子に座ってズボンをはくと、脚が太く、長く見える効果があったのです。のちにはクリアファイルに変えましたが、それまでは薄い詩集を何冊か利用していました。美しい詩語たちがわたしの外見を取り繕ってくれたわけです。

いまもわたしは本が好きだし、本のおかげで、より遠くまで見渡せる人間、日々を耐え抜く人間になれることを知っています。けれど、わたしの身体の大きさに比べて、わたしの住んでいる空間に比べて、本が多くなりすぎました。わたしの身体も成長し、周囲はだんだん本で占領されて外に出ることすら難しくなりました。もちろんそれらの多くは、背中の支えにしたことも、座布団代わりに敷いたこともありません。にもかかわらず、人々の前で少しでも高い位置で、背中をまっすぐ伸ばした姿勢を保とうと虚勢を張った結果、部屋の一角を占領してしまった本たちなのです。

数多くの本を、座布団代わりにし、支えにして座り、外見を取り繕うべく身につけてきたおかげで、とにもかくにも、自分の名前で何冊かの本を出すまでに至りました。読者のみなさんはわたしの本をどんなふうに活用することになるでしょうか。わたしの書いたものが、日々を耐え抜き、世界をより高いところから見渡すのに役立つとしたら、それに越したことはありません。でも、ただそれだけだとしたら、ちょっと寂しい気もします。いまは、家に積み上げられた本を少しずつ売ったり捨てたりし、身につけていた本を外しているところです。いまこの瞬間も一冊の本を腰の支えにしているのですが（在日韓国人の姜尚中教授の書いた『オリエンタリズムの彼方へ』という比較的「薄い」本です）、これくらいは著者も本も許してくれるでしょう。

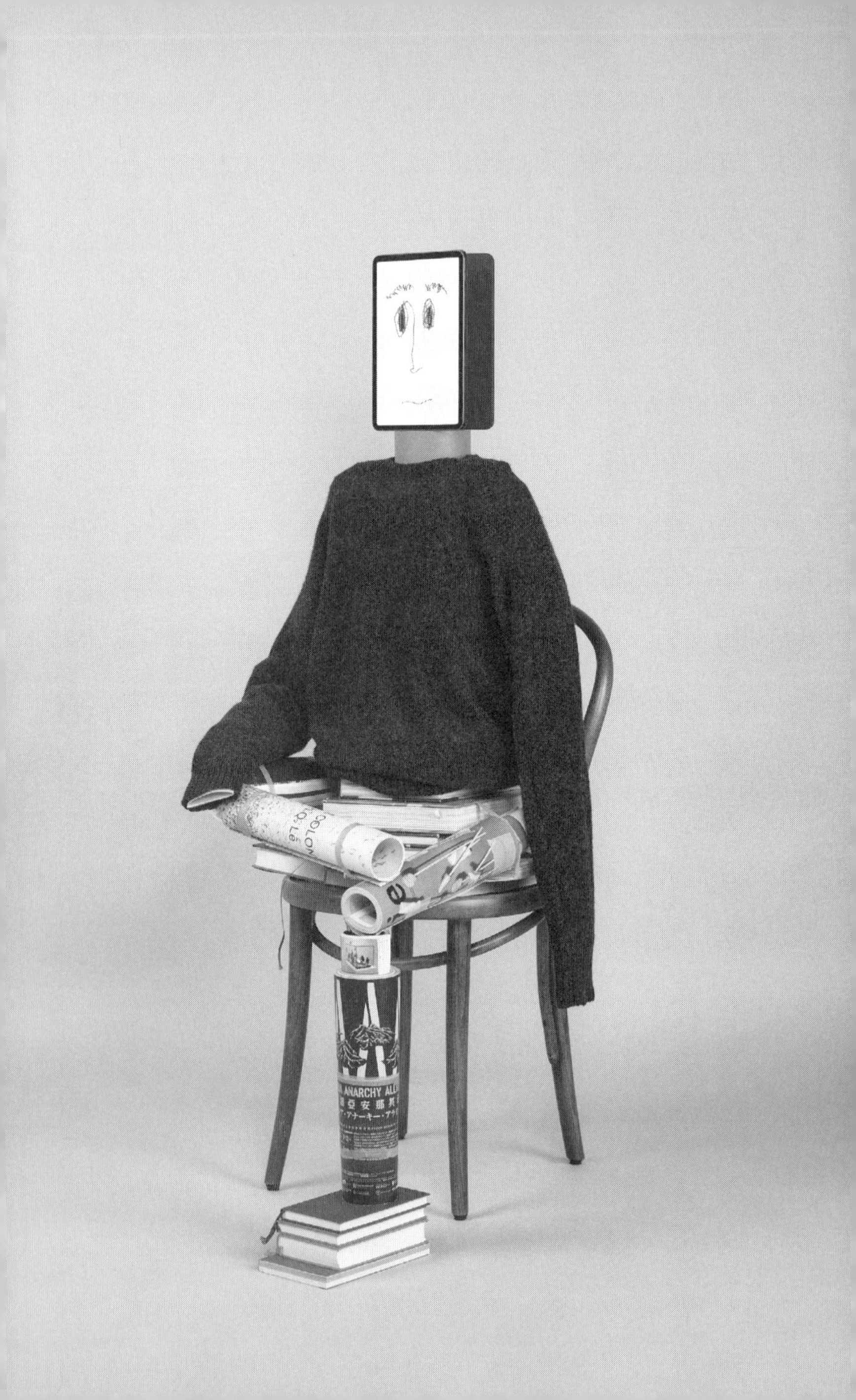
ANARCHY

赤ちゃん用絵本の丸い角

キム・ソヨン

小学生のときに教わり、いまでも重宝しているスキルがあります。登校時間や授業時間など決められた時間を守って行動することや、決められた時間のあいだ席についていること、持ち物の準備の仕方、運動場の水道やトイレなど公共施設の使い方。たいていは、いつ教わったのかも覚えていないくらい身に染み付いているものです。ところが唯一、「正しい姿勢で座って本を読む方法」だけは、内容はもちろんのこと、初めて教わったときのことまではっきり覚えています。

まず、椅子を引いて座ります。お尻を背もたれにくっつけてはダメで、背もたれとお尻のあいだに拳一つ分のスペースを空けなければなりません。その状態で背筋をまっすぐにし、腕を伸ばして本を机の上に立てて読みます。先生がクラスのみんなの座る姿勢を一人ずつチェックして、おかしいところは直してくれました。そのときわたしはなんの注意も受けずにチェックを通過したのですが、実際にその姿勢で本を読んだことはありません。その「正しい姿勢」に、最初から二つの疑問を持っていたからです。

まず「拳一つ分」という基準はおかしいと思いました。拳の大きさは人それぞれ違うのに、それに、成長するにつれて大きくなるかもしれないのに、どうしてそれが基準になるの？　我ながら、なかなか鋭い指摘だと思っていました。人によって身体条件が異なるので、むしろ自分の拳が一番信頼できる基準になるのだということに気づくまでは。もう一つは、腕を伸ばして本を持つと、文字があまり目に入ってこないという点でした。正確には、本の内容が頭に入ってこなかったと言うべきでしょう。読むには読めるけれど、読んでいる感じがしなかったのです。これもあとになって、そういうのを「距離感」というのだと知りました。わたしは、たいていのことは教わったとおりに実践する努力型の模範生でしたが、本を読む姿勢だけはついぞ身につきませんでした。

しかも「読書の先生」になったいまも、本を読む姿勢だけはどうもよろしくありません。一番好きな姿勢は、クッションを枕にソファに寝転び、おなかの上に薄めのクッションを一つ乗せ、その上に本を立てて読むというものです。本が乗っているみぞおちのあたりがだんだん重苦しくなってきたら、身体を横に向けます。でも、横向きの状態で読むのはなかなか大変ですよね。本がちょっとでもおもしろくなかったら、それを言い訳に、いったん身体を起こします。そして頭を反対側に向けて再び寝転びます。

床にうつ伏せになって読むのもいいものですが、首や背中が痛くなってすぐに起き上がることになります。ソファに膝を立てて座っても、やっぱり首が痛くなります。アンダーラインを引いたりメモを書き込んだりしたいのに本を平らに開けないのも不便ですし。結局は机の前に座ります。注意しているつもりでも、ふと気がつくと頬杖をついています。姿勢を正そうと書見台を使ってみたりもしたのですが、するとまた、読むには読めるけど読んでいる感じがしない、という状態になるのです。おもしろい本を読んでいると、ここがどこなのか、いま何時なのかも忘れて夢中になる、とよく言います。正直、わたしはそうなることはありません。本が「物体」として存在している以上、本と自分との物理的な距離を意識せざるを得ないのです。

新米編集者だったころ、韓国消費者保護院で開かれた会議に参加したことがあります。乳児が絵本の角でけがをするケースがときどきあるので本を作るときは注意するように、という指示を受け、最初はちょっと驚きました。本を作る際に「安全」に気を配れだなんて、絵本の芸術性をなんだと思っているのか、と。

でも考えてみると当然のことでした。すべての本が芸術作品であるとは言えませんが、すべての本が物体であることは間違いないわけですから。赤ちゃん用絵本の角を丸くするのも、赤ちゃんが口に入れても害がないよう大豆油を使ってコーティングするのも、布製絵本の素材を慎重に選ぶのも、本が物体だからなのです。赤ちゃんから大人まで、読者が誰であろうとその事実は変わりません。さらには、端末機やその中の「空間」のことを考えると、電子書籍だって物体と言えるのではないでしょうか? わたしはその点がいいなと思いましたし、いまも思っています。本が物体であるという点が、です。

ときどき、好きな本を取り出して触ってみます。本そのものを絵に描いてみたりもします。ある本が気に入って、しばらく車に積んで持ち歩いていたこともあります。一行一行すべて記憶しておきたいのに、もったいなくてアンダーラインすら引けなかった本もあります。アンダーラインを引くために同じ本をもう一冊買ったのに、そちらはどういうわけか頭に入ってこず、誰かにあげてしまいました。そんなふうにとても大切にしている本は、子どもたちにも見せてあげます。話を聞いてみると、子どもたちにも、文字どおり「すり切れるほど」読んだ本が、姉妹が奪い合うので結局同じものを二冊買った本が、誤字を見つけて興奮気味にメモを書き込んだ本があります。どれもかけがえのない本ですね。本は特別な物なのです。

本の未来がどうなるかはわかりません。ただ、本が好きなので、いま好きなので、好きなものを伝えてあげるつもりで、子どもと一緒に本を読みます。本を読むときの姿勢についてはなるべく口を出さないようにしています。それは個人的なことですから。

つかえつかえ読み進める本

イギル・ボラ

母と父はあまり本を読みません。文章を読むのが難しいからです。文字言語からなる「文章」を読むためには、果てしない学習が必要となります。子音と母音を学び、単語を学習し、それらの単語からなる文章を無数に読み、覚え、書き、話さなければならないのです。

文字言語と音声言語は同じ文章構造を持っています。口で話すときの文体は口語体、文章で書くときの文体は文語体と言いますね。聴者は文語体で話すこともあれば、口語体で書くこともあります。ですが視覚言語である手話は違います。固有の文法体系と語順が存在するのです。韓国語の文法をそのまま手話にすれば「韓国手話」になるのではなく、それは「指文字韓国語」になります。音声言語の文法や語順のとおりに指文字の単語を並べるコミュニケーション方式のことです。たとえば「My name is Bora（わたしの名前はボラです）」という英文の文法や語順をそのまま韓国語の単語に置き換えると「わたしの　名前は　です　ボラ」になってしまいます。こういうミスをしないためには、各言語固有の文法体系や語順、語彙を習得しなければなりません。

ろう者も同じです。手話を使うろう者が、聴者中心に構成、設計された社会で生きていくには、韓国語の文字言語を習得する必要があります。幼いころから韓国語の読み書きを学べればいいのですが、韓国の特別支援教育の現実では、すべてのろう者がそういう機会を得られるわけではありません。手話通訳士や手話教員の資格を持っていない特別支援学校の教員がろう者を教えているのです。なかには手話をよく知らない先生もいます。それらの資格がなくても、手話が上手でなくても特別支援学校の教員になれるからです。

そういう状況で、ろう者は手話を、正規の教育を通してではなく、ほかのろう者たちから見よう見まねで習得します。ろう者の第一言語である手話をしっかり習得したのちに、韓国語の文字言語の読み書きを学び、さらに韓国語の文字言語を使って英語や日本語、アメリカ手話、日本手話といった外国語も習得していくことになります。ですが、現実はそこまで至っていません。手話の教育が十分になされておらず、手話を使いこなす教員の数も多くないため、時宜にかなった教育を実施するのが難しいのです。

そういうわけで、ろう児を持つ親は、わが子をろう学校や特別支援学校に通わせるのをためらいます。聴者の通う一般学校に比べて教育水準が劣るからです。ろう学校の児童生徒数は徐々に減少しています。医学や技術の発展により聴覚障害の発病率が低くなったのも理由の一つです。蝸牛《かぎゅう》〈内耳の聴覚器官〉や末梢聴覚神経に電気刺激を与える体内装置を通して音を認識させる人工内耳の手術を受けて一般学校に進学する児童生徒が増えたという理由もあります。

学校運営のため適正な児童生徒数を維持しなければならないろう学校や特別支援学校は、児童生徒の不足を補うため、聴覚障害ではないほかの障害のある児童生徒も募集します。さまざまな身体や背景を持つ児童生徒で教室が埋められるのです。そういう状況に特別支援学校の教員が一人で対応するのは負担が大きく、困難です。手話で教えようとすると手話を知らない児童生徒がいるし、かといって音声言語で教えようとすると音声言語を聞くことのできない児童生徒がいます。なかにはこう主張する人もいます。聴覚障害の場合、ろう者中心に構成された学校で手話を学習する権利を保障すべきだ、そして、手話を第一言語として使う「母語ろう学校」を指定、運営し、統合教育ではなく分離教育を施すべきだ、と。音声言語ではなく手話を使うろう者は、特殊な状況に直面しているということです。

そのような状況の中、母と父はろう学校を卒業しました。寄宿舎で知り合った先輩ろう者たちから手話を習い、手話のできない教員に手話を教えてあげながら学校に通いました。音声言語で行われる授業についていけなかった二人は、文字の読み書きを適切な時期に十分身につけることができませんでした。そのため一年に一冊も本を読みません。ろう者にとっては、韓国語で書かれた文章はまるで外国語のようなものなのでしょう。

けれど、どんなことにも例外はあるものです。ずばり、娘の書いた本です。わたしが単行本を出版すると、母と父は読んでみることもせずいっぺんに数十冊も注文します。娘が本を書いたのだと、身近な人たちに自慢してプレゼントするのです。そして時間ができると、眼鏡をかけ、寝転んで本を開きます。一文字、一文字読んでいきます。習い始めの外国語の文章を解読していくような感じで文字と向き合います。そのペースだと読み終わるのはいったいいつになるやら、と思えてきます。ゆっくりですが、母と父は誰よりも丁寧に、最後まで読んでいきます。いくら難しくても、読むのに時間がかかっても、誇らしい娘の書いた本だからでしょう。

だからわたしは常に平易な文章を心がけています。最初の読者として想定しているのが母と父だからです。昨日は、書いている途中で母のことが頭に浮かびました。ふと、わたしがものを書き、映画を作り、人前で話をするのは、もしかしたら、創作することで、ろう者の世界を聴者に通訳しているのではないかという気がしたのです。あるいはその逆かもしれません。ろう者の世界を聴者に通訳することが、自然と、創作という結果につながっているのかもしれません。

だとしたら、その役割はなぜわたしだけが担わねばならないのか、という疑問が湧きます。「社会的少数者」と呼ばれる人たちは常に自分自身について説明し伝えようとしているのに、どうしてその逆の場合はそうでないのか。「多数」は気楽に通訳してもらってばかりいて、どうして「少数」の言語を学ばないのだろうか。どうしてわたしは、母の言語をしっかり伝えなければという義務感や、さらには、その役割をきちんと果たせないときには罪責感まで抱いてしまうのか。そういう感情はどうしてわたしだけが抱かねばならないのか。

そんな悩みを、メッセンジャーの、母の家族たちが入っているチャットルームに書いてみました。おじさんやおばさんにも手話を習ってもらいたいと。いままで、手話のできるわたしと弟が手話通訳と音声通訳をしてきたけれど、これからはその負担をみんなで分担してほしいと。わたしも弟ももう大人だし、毎回家族の行事に参加することはできない、そのたびに、会話に入れない母を思うと罪責感を覚える、どうしてわたしと弟だけがそんな思いをしなければならないのか、と問いました。わたしが母の家族となる前から母の家族だったおじさん、おばさんも手話を習って、この義務と責任を一緒に背負うべきなのではないかと。

もちろん、これは社会の構造的な問題でもあります。母やおじ、おばたちの育った時代は、手話が言語であるという認識はなく、手話を習える場所もろくになかったのですから。でも、時代は変わったし、おじ、おばたちは仕事も引退しました。それはつまり、時間がないという言い訳はもう通用しない、ということです。だから、悩んでいないでいますぐ手話を習うようにと提案しました。多数の使う言語へと少数が通訳してくれるのを待つのではなく、お箸を持って食べる様子を表す「ご飯」の手話をし、問いかけるような表情で「ご飯食べた？」と身体全体で表現してみてほしいと。

母がわたしの言語を理解するために、本の文章をつかえつかえ、時間をかけて読んでいくように、聴者も母の世界を、苦労しながら、必死に、悩みながら、喜んで感じてくれたらと思います。ちょっと生意気だと思われたかもしれませんが、でも、どうしても言わなければならないことだったと思っています。

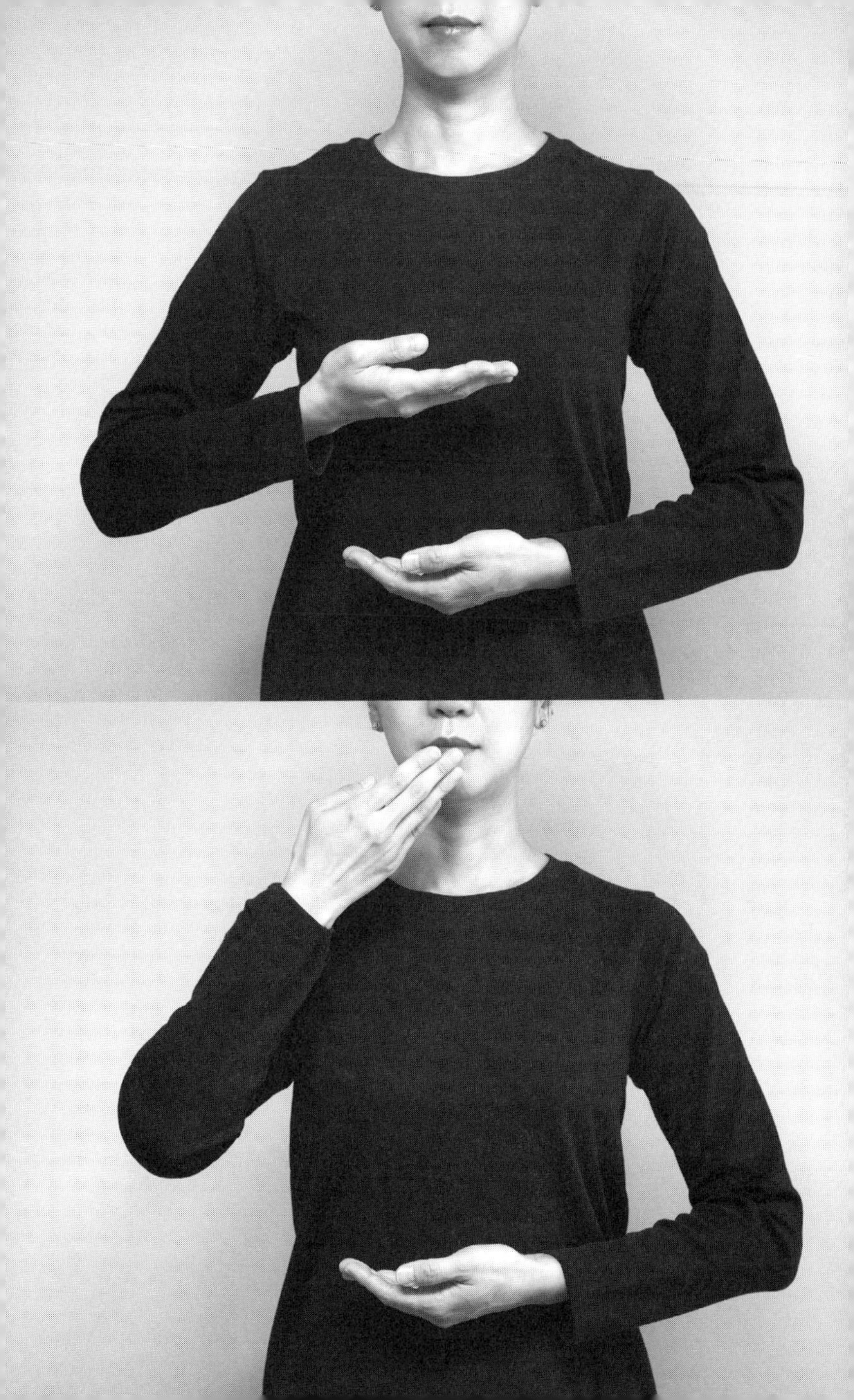

本を楽しむひととき

チェ・テギュ

わたしは物をきちんと管理できるほうではありません。手先が器用ではないので、わたしの持っている物はどれもこれも使い古した感じがします。よく持ち歩く携帯電話やキーホルダーなんかは、新品の物でも、わたしが使いはじめるとあっという間にボロボロになります。なので、傷ひとつないような物はそもそも持たないようにしています。子どものころ母が白いズボンを買ってくれたのですが、初めてはいて出かけた日、さっそくお尻の部分を泥水で汚してしまい、そのあとはシミ付きのままはいていたのを思い出します。

紙の本は傷みやすいから大事にしなさいと教わったせいでしょうか？　よく覚えていませんが、あるいは、本に落書きをしてはいけないと教えられたような気もします。本にアンダーラインを引く人は多いと思いますが、わたしにはその習慣がありません。その代わり、好きな本の好きなページは、文字が見えにくくなるほど手垢がつき、紙も薄くなっていた記憶があります。子どもの小さな手では持ち上げられないほど分厚い、百科事典のような本がありました。全部で一二巻ほどあり、宇宙、動物、植物、人体といった文字がそれぞれ表紙に印刷されていました。予想がつくと思いますが、わたしは黒い大きなゴシック体で「動物」と書かれた本で毎日遊んでいました。

「動物」と書かれた本にはどのページにも、家畜から野生動物まで、さまざまな動物の絵が描かれていて、絵の下には簡単な説明文がついていました。五歳の子どもが読むには、かなり専門的な内容でした。わたしは、サバンナシマウマの平均寿命は何年で、体重はどれくらいで、天敵が現れると後ろ脚で蹴る、といった内容を暗記していることが自慢でした。母や父、先生よりも動物の種類をたくさん知っていると褒められるのは、幼い子どもにとって誇らしいことでした。どんな品種の馬がよく競走馬として使われるか、興味もない友人たちをつかまえて話していたのを覚えています。いまで言う、相当な「動物オタク」だったわけです。ページをめくっていて、一番足が速いというサラブレッド種の馬が出てくると、間髪入れずその馬を指して「僕はサラブレッド！」と叫んだものです。

その馬の絵よりも頻繁に手で撫でていたのは、「犬」の品種を紹介するページにあった「レブラドルリトリバー」の絵でした。聞いたことがあるような、でもちょっと違うような名前ですよね？　最近は韓国でもよく見かける「ラブラドレトリバー」のことですが、当時は珍しい品種でした。ただでさえ長い名前なのに、その本の表記ではどこで区切ればいいのかもわからないし、レブラドとリトリバーのあいだに「ル」という文字まで入っていました。説明文には「犬の体高はどれくらいで、毛の色はクリーム色と黒色があり、獲物をくわえて泳いでくるのが得意で、視覚障害者の盲導犬として使われる」というようなことが書かれていたと思います。いま思うと、絵も少し変でした。確か、毛色がベージュのビーグルのような姿でした。友だちと「動物」の本のページをめくりながら遊んでいて「犬」のページが出てくると、「レブラドルリトリバー！　僕は大きくなったらレブラドルリトリバーを飼うんだ！」と、聞かれてもいないのに声高らかに宣言したものです。

そして二二歳になる年に、本当に、黒いラブラドレトリバーの子犬を連れてきて「ホドゥ」という名前をつけ、一緒に暮らしはじめました。その犬を飼いたいとずっと思いつづけていたわけではないのですが、気がつけば、つぶらな瞳でわたしを見つめるその犬を飼うことになっていたのです。当時わたしは狭い部屋で一人暮らしをする大学生で、犬を飼うのに適した状況ではありませんでした。何もしていないのに毎日忙しかった大学生は、夜遅く帰宅して、ホドゥが散らかしたものを片付けながらよく叱ったものです。ホドゥは、長時間独りにされていた日には、布団や鉛筆を破壊する、なんてかわいいものではなく、本棚の本を全部引っ張り出してびりびりに破いたり、コンクリートがむき出しになるくらい壁紙やフロアシートを噛みちぎったりしていました。獣医学部だったので大学にもよく連れていったし、どこへ行くにもなるべく一緒に行動するようにはしていましたが、至らない飼い主だったのは間違いありません。

動物福祉を研究するうちに、動物に必要なのは何なのかをより理解するようになり、自分はホドゥに対してひどいことをたくさんしていたんだなと、ホドゥが死んで数年経ったいまもずっと考えています。ホドゥの破いた本がいまも何冊か本棚に残っているので手に取ってみることがあります。ホドゥにとって本は、豪快に破きながら遊ぶのにちょうどいい、楽しいおもちゃだったのだと思います。ちょうど、ホドゥの遠い祖先が獲物を食いちぎっていたように。それは、全身の筋肉を研ぎ澄ませて獲物を倒したあと、仲間とパーティーを始める至福のひとときだったのでしょう。ホドゥに本の読み方を教えてやることができなかったのなら、せめて、わたしの大事な本をびりびりに破いていたホドゥのあの至福のひとときくらいは理解してあげられたらよかったのですが。

바닥

床

床を受け入れるダンス

キム・ウォニョン

ここ数年、ともに活動している公演チームのメンバーが、ダンスの練習室に赤ん坊を連れてきたことがあります。広い練習室の床に赤ん坊を下ろしてやると、それはもう楽しそうに這い回っていました。わたしがちょっとよそ見をしていると、いつの間にかすぐそばまでやってきて、車椅子の車輪にかぶりつこうとしています。前輪を食べられてしまってはさすがに動けなくなるので、慌てて制止しました。母親が駆け寄ってきて、赤ん坊をひょいと抱き上げて連れていきます。赤ん坊は、画家パウル・クレーの一九二〇年の作品「新しい天使」の天使のように、目を丸くして車椅子を凝視したまま、母親に抱かれて後ろ向きに飛んでいきました。

赤ん坊は、「新しい天使」の「天使」よりもずっと、一般的にイメージする「天使」に近い顔をしていましたが、この絵に関してもう少しお話してみようと思います。ユダヤ人でドイツの哲学者であるヴァルター・ベンヤミンは、この絵を若いころにカフェで購入し、生涯所蔵していました。一九四〇年、ナチスに追われ、ついに自殺を選択する直前に友人に託したのです。ベンヤミンは絵の中の天使を見て、抗えない力に引き寄せられ未来へと飛んでいきながらも過ぎ去った現在を見つめる「歴史の天使」を洞察しました。彼はこう書いています。

この絵の天使は……微動だにせず凝視していた何かから遠ざかっていくように描かれている。目は見開かれ、口は開かれ、翼は広げられている。歴史の天使はきっとこういう姿をしているに違いない。その天使の顔は過去に向けられている。……天使は過去に留まりたがっている。また、死者たちを目覚めさせ、粉々になったものをかき集めて再び結合させたいと思っている。しかし楽園から暴風が……天使が背を向けている未来のほうへと天使を否応なく押しやっている。一方で、天使の足元にうずたかく積もった残骸は、空に向かってそびえている。われわれが進歩だと呼んでいるものは、まさにこうした暴風のことを言うのだ。[※1]

天使は、進歩という「暴風」に押しやられながらも、徐々に過去になりつつある現在の残骸を見つめています。天使の見つめている現在とは「粉々になったもの」だとベンヤミンは言います。人間の歴史は、未来に向かって一直線に進歩していく時間の流れではなく、むしろ、大きな破局や崩壊が積み重なっていく過程に過ぎない、ということです。

個人の人生においても、人類全体の歴史においても、わたしたちは、生まれたときは床に横たわっていたのが、徐々に頭を持ち上げ、身体を起こし、歩き、跳び上がり、空を飛び、ついにロケットを発明して地球の重力の及ばない遠いところまで飛んでいく、という進歩の線を想像します。これは芸術においても同じで、たとえばバレエの歴史では、高く跳び上がるための動きを開発しつづけ、ダンサーたちは強い筋力と軽い身体を同時に追求してきました。二〇世紀初めの偉大なバレリーノ、ヴァーツラフ・ニジンスキーは、滞空時間があまりに長く、観客たちに時間が止まったと感じさせたという有名なエピソードがあります。このように、進歩した文明を象徴する偉大な人間とは、床に近い存在ではなく、空を目指す人間であると考えられがちです。

しかし、現代舞踊が登場してからは、床が重要視されるようになりました。地面と自分の身体が接している部位を意識しながら、重力が自分の身体にどのように作用しているのかをつぶさに探検します。腹ばいし、頭を軸に寝返りしていた赤ん坊のころのように、重力に全身で抵抗するのではなく重力を適切に利用してその流れに身を任せるのです。現代的なダンスでは、より遠くへ、より効果的に重力に逆らって跳んだからと偉大なダンサーになれるわけでないのは明らかです。よりカッコよく、より高く空に近づくことがダンスの進歩であると考える人もあまりいません。そう考える代わりにわたしたちは、ほこりが積もり、流れ落ちた汗や菓子のかけら、髪の毛だらけの床を甘んじて受け入れます。床を受け入れることさえできれば、まだ歩けない赤ん坊も、車椅子をゆっくりとこぐ大人も、パーキンソン病を患う老人もダンスを踊ることができます。[※2]

二〇二〇年からわたしが参加しているダンス公演には、手や足、膝、頭などを床につけて身体を支える動きがあります。床を利用してわたしたちの身体でできる良い動きを見つけ、それをスコア（「動きの楽譜」のようなものです）として記録します。もちろんこのスコアは、「演者」（ダンスを踊る人）の身体に応じてさまざまに解釈されます。みなさんそれぞれの経験や行動範囲、腕や脚の長さ、身体の形態に応じて自由に解釈し、床で踊ってみてください。難しいところは思い切って飛ばしてください。わたしたちは時の流れとともに否応なく歳をとり、自分をひょいと抱き上げてくれた母親は先にこの世を去り、練習室の床は汚れていき、残骸はうずたかく積もっていきます。と同時に、わたしたちの時間は刻一刻と破局を迎えつつあるのでしょう。だとしても、床だけは簡単に壊れはしないはずなので、いつだってダンスを踊ることができるのです。

かがんで、左手ついて／右足、左手の横に／右手ついて、左手ついて／右手、左足／左手、右足／右手、左足／左手、右足

右手ついて、左脚入れる／胴体回転させ、右腕つく／左手／右腕／胴体回転させ、左腕／右足／右腕／右膝、左膝／しゃがむ

左手ついて、右手ついて／手のあいだに両足／両足交差させる／右手、左足／左手、右足／右手、左足／左手、右足

左足遠くへ／右膝、腕のあいだへ／右腕／左腕／右足、左足／左足遠くへ／右足遠くへ／左足遠くへ

両手ついて、右足入れる／左脚持ち上げて、頭つけて転がる／向きを変えて転がる／もう一度転がる／右手、左手、座る[※3]

※1　ミシェル・レヴィ著、ヤン・チャンリョル訳、『ヴァルター・ベンヤミン：火災警報』、ナンジャン、二〇一七、一一〇～一一一ページ〈原書『Walter Benjamin: Avertissement d·incendie』〉

※2　耐え抜き、甘んじて受け入れる存在としての人間主体をヴァルター・ベンヤミンの主張から導き出すというアイデアは、次の論文を参考にしたものです。キム・ホンジュン、「人類世の社会理論1：破局とペイシャンシー（patiency）」、『科学技術学研究』、一九巻三号、二〇一九、一～四九ページ

※3　振り付け＝ラ・シネ、チェ・ギソプ、企画＝チャン・スへ、出演＝キム・ウォニョン、チェ・ギソプ、公演「Becoming-dancer」、アンダースタンドアベニュー内アートスタンド（ソウル、二〇二一年一二月四～五日）

床のように堅固な仕事

キム・ソヨン

昔、ドイツで暮らす友人のところに遊びにいったことがあります。古い都市の郊外に位置し、これといった観光名所はないものの川と公園が近くにある町でした。おかげで、滞在していた数日間、よく散歩をしました。友人夫婦は歩くのが大好きで、いつも、わたしが覚悟していた距離の三倍は歩かされました。遠いところへは車で行き、近いところでも車で行っていたわたしには衝撃でした。おかげで、カントがそうだったように、わたしもいろんなことを考えました。

いま引き返しても相当歩かないといけないのに、あの人たちはどうしてまだ前に進んでいくの？

これがヨーロッパの文化？

だからグリム童話の中の道行く旅人は、遠くに光を見つけると、とりあえず中に入ってみるわけね……。

どこであれ住宅街に到着するとうれしくなりました。これで、もし緊急事態になっても助けを求められるだろう、と。そうしたらわたしは「遠くに光を見つけると、とりあえず中に入ってみる旅人」になるわけです。ともかく、クリスマスの飾り付けがしてある家々を見物しながらホッとしたものです。

あるとき、とある家の門のそばに小さな看板がかかっているのを見かけました。瓦屋根の絵が描かれています。友人は、屋根を修理する技術を持つ人、つまりマイスターがその家に住んでいるという意味だと説明してくれました。安全に直結する、高度な訓練を要する仕事なので、そういう技術を持つ人たちは尊敬されるし、お金もたくさん稼ぐのだそうです。その看板は、広告であると同時に自負心の表現でもあったのです。

そのとき友人は「床のように堅固な技術」という表現を使っていました。韓国の中学高校に相当する教育課程修了後にそういう技術を身につけて職業にするケースがほとんどで、大学に進学するかどうかはそれこそ人それぞれだと。当時、友人のパートナーはIT業界で働いていたのですが、その人もやはり木工関連の「床のように堅固な技術」を持っていると言っていました。職を失ったときや、さらにはその職業自体が消滅した場合でも、つぶしがきく技術。製パンや眼鏡工学、リハビリ工学の技術もそれに属します。「床のように堅固な技術」というのが友人独自の表現なのか、ドイツ特有の表現なのかは、記憶が定かではありません。

ドイツの旅から戻ってきて、わたしもそんな技術を身につけたいと思い、あれこれ調べてみました。ところが、専門技術分野の修練にかかるお金と時間、そして、それだけかかるにもかかわらず不透明な見通しなどに気持ちがくじけ、諦めてしまいました。国の支援のもと制度的に訓練を受けるのと、個人が自力で情報を集めて自費で準備するのとでは大きな違いがあります。もちろん、わたしが根気強くないせいもあります。わたしは「先進国」という言葉も、先進国自体もあまり好きではないのですが、そのときだけは先進国ドイツがうらやましいと思いました。

韓国にも専門技術を教える学校があります。特性化高校とマイスター高校です。それらの学校の生徒たちは卒業後、大学進学ではなく就職の道を選ぶ確率が高いです。いわゆる実務経験を積むため、高校在学中に現場実習に出ることもあります。原則どおりなら、教育課程の中で「床のように堅固な技術」を身につけるわけです。ですが、現実に生徒たちが受ける職業訓練はそのようなものではありません。

二〇二一年一〇月六日、生徒のホン・ジョンウンさんは麗水市《ヨス》〈全羅南道東南部の市〉の船着場で、ヨットの船底についたフジツボの除去作業中に命を落としました。実績のことで頭がいっぱいの学校は職務と関係のない現場に生徒を派遣し、業者は労働基準法を無視して一八歳未満の生徒に潜水作業をさせたのです。水が苦手なホンさんは、作業をしたくなかったのに断りきれなかったといいます。SNSなどには、慎重に彼の立場を推察するコメントが複数書き込まれていました。拒否してもいいということを知らなかったか、あるいは、拒否したあとのことを考えるとますます言い出せなかったのだろう、という内容でした。

そんなふうに現場へと追いやられる生徒は多く、卒業後も同じような状況が続くといいます。「大邱《テグ》労働者の世界」代表のチョン・ウンジョンさんが二〇二一年一〇月二〇日付の平和新聞に寄稿したコラム「教育という嘘、対策という嘘」によると、現在の現場実習は「教育課程としての訓練ではなく、企業に必要な労働力を提供する手段」であると述べています。

これまでわたしは特性化高校の生徒たちについてよく知りませんでした。「技術、専門、職業、現場」といった言葉のせいで、彼らのことを、早くから社会生活を始めた若者としか考えていなかったように思います。家庭の経済的な理由で大学へは進学せず職につかねばならないケースもあることくらいは知っていましたが、その職場については知ろうともしていませんでした。生徒たちは守られるべき青少年であること、そして、実習も労働である以上、その現場を学校と社会が監督しなければならないことに、なぜ思いが至らなかったのでしょう。

正直に言うと、「高校生」といえば「大学入試の準備をする生徒」というイメージが真っ先に浮かんでいました。すべての高校三年生が大学修学能力試験〈日本の大学入学共通テストに相当〉を受けてどの大学に志願するか悩むわけではありません。そんなことは知っている、大学に行かない生徒たちも応援する、と口では言いながら、あくまでもすべては個人の選択であるかのように考えていました。ですが、たとえみずからの決定によって職業訓練を選択したとしても、青少年が教育と保護の対象であるという事実に変わりはありません。

高二は一七歳、高三は一八歳です。学校の外にも青少年はいます。「床のように堅固な技術」を身につけさせるより、社会の床は堅固なのだと信頼できるようにしてあげることのほうが先です。どんな道を選んでも、途中どんなことがあっても、堅固な床に手をついて立ち上がることができるのだと、青少年に言ってあげられるようにすべきではないでしょうか。これまではそんな床がなかったとしても、この先作っていくのが真の「先進」だと考えます。韓国が先進国であればいいなと、考えてみました。

冷たい床に座って

イギル・ボラ

わたしは長期記憶力が良くありません。短期記憶力は優れていますが、長期記憶力には問題がたくさんあります。なので、釈明しなければならない状況にたびたび直面します。関心がなくて忘れたのではなく、本当に長期記憶力が良くないせいで覚えていられないのだと。一緒に暮らしているパートナーや家族、友人たちは「あなたはあんまり覚えていないだろうけど」と前置きしてから話を始めます。忘れていた状況や感情を復元してくれる、心強い人たちです。だからわたしはものを書き、映画を作る仕事をしているのかもしれません。しっかり記録して覚えておくために。

「床」という言葉を聞くと、冷たい床に座って父と一緒にボールペンを袋に詰めていたころのことが思い出されます。その話を、あるイベントのステージで披露したことがあります。わたしは、客席に座る父を見ながら記憶を呼び起こしました。

当時わたしは小学生で、母と父はプルパン〈今川焼きのような菓子〉やワッフルを焼いて販売する露天商をしていました。両親の露店は人気がありましたが、冬になると様子が一変します。ほかの季節のように祭りも開かれず、人々が寒さに身を縮めて家路を急ぐ冬は、完全に閑散期でした。まさに開店休業状態です。父はどうやって生計を立てるか頭を悩ませた末、ボールペンを売ることにしました。

「え？　ボールペンを売る？　道ばたでボールペンを買う人なんている？」

わたしがそう聞くと父は答えました。ビニール袋にボールペン一、二本とメモを入れて、これを持っていればみんなお金を出してくれる、と。父が手にしている箱に目をやりました。「恵まれないいろう者のために」という文字が大きく書かれています。ボールペンに添える紙には「助けてくれてありがとうございます」と書いてありました。

そのあとの記憶はありません。とぼとぼと家に帰ってくる父の姿だとか、今日はいくら稼いだと話している様子だとか、ボールペンがもっと要ると話しているときの表情なんかは覚えていません。

そういう箱を手にしているろう者を街で見かけることがときどきあります。なかには、いわゆる「エンボリ」〈子どもに物乞いや窃盗をさせて金を稼ぐこと〉の組織とつながっているろう者かもしれない、と言う人もいました。記憶の中の父は、誰かに命令されてその箱を持っていたわけではありません。みずから「恵まれないろう者」になることを選んだのです。左右の手のひらを上に向け、水平にくっつけたり離したりを二度繰り返します。「仕事」という手話です。拳を握った右手の親指だけを伸ばし、ペンの頭をカチカチ押すように二度曲げ伸ばしすると「ボールペン」という手話になります。まっすぐ伸ばした右手の人差し指と中指を左の手のひらで包み込んだあと、二本の指を引き抜きます。「売る」という手話です。仕事、ボールペン、売る。

父は、非障害者中心に設計された不平等な社会で生き残る術を、身をもって体得していました。口のきけないポンオリやクィモゴリ〈それぞれ、言葉の話せない人、耳の聞こえない人への蔑称〉に対する同情や憐れみといった感情をどう利用すればいいのかを知っていました。けれど、絶対に「物乞い」という言葉は使いませんでした。もしかしたら父は、ともに生きるという意味の「連立」を、自分なりのやり方で実践していたのかもしれません。

問題はわたしでした。自分自身がそのことを長いあいだ忘れていたという事実に少々驚きました。情けなかったからでしょうか、恥ずかしかったからでしょうか。当時の記憶を思い返していうちに不思議と涙が込み上げてきたのですが、絶対に涙を見せたくはありませんでした。それを自分の「仕事」だとあっけらかんと言っていた父の言葉に、「恥ずかしい」という感情を塗り重ねたくなかったからです。もしかしたらわたしは無意識のうちに、その記憶を消すことを選択していたのかもしれません。貧しさの経験を記憶し、思い出すくらいなら、いっそ暗黒の彼方へと追いやってしまいたかったのでしょうか。

もし当時のことについて聞かれたら、父はいつものようにカラカラと笑いながらこう答えるでしょう。

「あのころ？　そうだったな。あの仕事、おもしろかったよ」

父はその仕事を自分の労働だと考えていました。プルパンやワッフルを焼いて売ることのように、工事現場で木製の扉や扉枠をトントンカチカチ作っていくことのように、アクセサリーやおもちゃを仕入れて売ることのように、絵を描いて売ることのように。

父の労働について考えてみます。ろう者の身で、不平等な構造の中で、あれこれと仕事を見つけなければならなかったお父さん、その状況でも自分の仕事を一番尊いと思っていたお父さんについて考えてみます。身をもって世界と向き合い、世界を感じ、世界について学んできた父は、もしかしたらわたしより多くのことを知っているのかもしれません。

その床の上を歩くしかないのなら

チェ・テギュ

わたしが小学校に上がったばかりのころ、幼いわが子を送り出したあと心配になった母は、通学路のどこかからわたしを見守っていたようです。大人の足なら一〇分もかからない距離を三〇分以上かけて歩いていたよ、と話してくれたことがあります。ただでさえ足が短くかばんも重いので時間はかかったはずですが、わたしは地面のアリに目を奪われて一向に前に進んでいかなかったそうです。アリたちは、がっちり舗装されたコンクリートの割れ目と地中の巣とのあいだに道をつけて死んだ虫を運び込んだり、ある季節になるとほかの群れのアリたちと大規模な縄張り争いを繰り広げたりもします。その争いというのがそれはそれは熾烈で、幼心に手に汗握って見入っていたのを覚えています。人間が歩く分にはどこも同じように見える地面ですが、アリたちにとってはそこに、組織の命運をかけて戦わねばならない何かがあったのでしょう。学校へ行く足を止めてしばらくじっと眺めていても、何をかけて戦っているのかはわかりませんでしたが。

　わたしは最近、毎週日曜日に江原道華川を訪ねています。飼育熊の農場があるからです。飼育熊という言葉を初めて目にした方もいらっしゃるでしょう。文字どおり人間が飼育している熊です。飼育するという言葉は「家で育てる」という意味です。つまり「飼育熊」は、人間の定めた空間に閉じ込めて育てる熊を指します。動物園でも熊を飼育していますが、韓国で「飼育熊」と言うときは普通、胆のうの採取のために飼育する熊を言います。熊胆《ゆうたん》と呼ばれる胆のうを採取する目的で熊を飼育している農場が、いまも全国に二〇カ所も残っています。そのうちの一つが華川にあるのです。

　とはいえ、その農場では、いまも熊胆を採取するために飼育しているわけではありません。すでに、薬としての熊胆のニーズは絶えて久しく、ほとんどの農場では、熊たちを殺すわけにも、放してやるわけにもいかないという状況で、ただ飼育しているのです。そういう熊が全国に三〇〇頭以上もいます。華川の熊たちも、そうやって生きてきたツキノワグマです。体内の胆のうも無傷なまま、二〇年以上生き延びてきました。農場主の男性は身体が不自由で熊を飼育するのが難しくなり、一五頭をしっかり世話してくれる人を探そうとわたしに連絡をくれたのが二〇二一年五月でした。熊農場を始めたお父さん亡きあと、後を継ぐ形で飼育することになったという経緯があり、大事に育てていた熊たちを殺すのは忍びなかったといいます。たとえそれを生業としていても、飼育していた動物を殺して平気だという人はそういません。

まだ韓国には熊を保護する施設がないので、わたしたちが施設を作っているあいだ、農場で熊を一緒に世話することにしました。わたしは仲間と毎週末、食べ物をトラックで運び、熊の暮らしている家の床を掃除し、熊たちが飽きないよう多様なエサを与える活動をしています。一緒に活動している仲間には獣医が何人かいるので、毎週、熊の状態を丁寧に記録しています。ところで、一つ心配事ができました。熊たちの足の裏にしょっちゅう傷ができているのです。飼育場のコンクリートの床が一面真っ赤に染まるほど激しく出血しているときもあります。夏は、雨が多くて足の裏がふやけるせいだろうかと悩み、冬は、皮膚が乾燥してひび割れるせいだろうかと悩みます。そうこうしているうちに治ったりもするのですが、いつの間にかまた傷ができています。足の裏が痛くて床につけることができず肘や前足の足首を使って歩いている姿を見ると、胸が痛みます。長く熊を飼育している人たちは「もともと」そういうものだ、放っておけば治ると言いますが、治るときがくれば治るにしても、いま痛そうにしているのを、獣医である以上黙って見ていることはできません。ちなみに、コンクリートの床がどうして熊の足の裏を傷つけるのか、いまもまだ理解できずにいます。

わが家の猫たちは、足の裏が触れるさまざまな床の感触の中から好きなものを選んでいるようです。暑いときは浴室のひんやりしたタイルの上に寝転んでいるし、床のカーペットをめくってザラザラした裏面に爪を立ててみたりもします。爪とぎに最高なのは、なんと言ってもファブリックのソファです。紙の箱の感触や、座布団に残る人間のぬくもりを楽しんだりもします。猫のトイレにはサラサラの清潔な砂がたっぷり入っていないと安心して用を足しません。猫がおなかの上に乗ってきて、わたしの呼吸を全身で感じながらウトウトしてくれるのは、昼間にだけ楽しめるぜいたくです。

アリも猫もそれぞれ、お気に入りの地面のために戦ったり、好きな床の上でごろごろしたりします。でも、熊胆採取用の飼育熊は床を選ぶことができません。アリが地面をかけて隣の群れと死闘を繰り広げ、猫が「いかに床から喜びを得るか」を一日じゅう探究していることを考えると、足の裏の傷ついた熊がずっとコンクリートの床の上で暮らさなければならないのは、生涯にわたる苦痛と言えるでしょう。山すその、ふかふかの落ち葉がたっぷり積もった地面を歩きたいはずなのに。どうか来年には、あの熊たちが快適に床を踏みしめながら暮らせますように。

「ささやく物たち」

イギル・ボラ

わたしは、ろう者である両親から手話という言語を受け継いだ継承手話話者（Heritage Signer）です。継承語（Heritage Language）とは、国や地域で公に用いるよう法的地位を獲得した公用語や公式言語とは違い、特定の個人や家族、共同体をつなぐのに用いられる言語のことです。たとえば移住民の使用する、公用語ではない言語がそうです。国籍や言語接触〈二種類以上の言語が互いに影響を及ぼしあうこと〉、駆使能力とは関係なく、家族のルーツを知ることのできる言語を意味します。継承語を使用する人たちは継承語話者（Heritage Speaker）と呼ばれます。

◆継承手話話者、コーダ

わたしは継承語話者に該当しますが、正確には継承手話話者に分類されます。音声で発話する代わりに身振りや表情で話す手話を使うからです。わたしのように、ろう者である両親から生まれて手話を学んだ人たちは、継承手話話者ということになります。

継承手話話者であるコーダについて研究してきたスギョン・イサクソン（Su Kyong Isakson）〈ろう者である韓国人母と聴者であるアメリカ人父をもつ韓国系アメリカ人コーダ〉によると、ろう者である両親から手話を学んだ子ども（ろう者または聴者）は、手話に対する直観的な感覚を持っているといいます。[※1]また、アンドリュー・ソロモンは「脳機能イメージング〈脳血流や脳代謝などの生体機能情報を画像化する検査法〉によって確認した結果、幼いころから手話を学んでいた人の場合、手話の能力の大半が脳内の言語領域に保管されている一方で、大人になってから手話を学んだ人の場合、視覚を司る脳の領域を使用する傾向がある」[※2]と書いています。つまり、大人になって手話を学んだ人の場合、神経学的な生理機能が、手話を言語として受け入れようとする気持ちと常に戦っているように見える、と。一方で、わたしのような継承手話話者は、音声言語を母語として習得したのちに手話を学んだ人たちとは違い、手話を言語として認識し受け入れているということです。

このように、継承手話話者であるコーダは、視覚言語である手話や、ろう者の文化であるろう文化に対する直観を持っています。それをもとに、手話と音声言語の橋渡しをする手話通訳士になったり、ろう社会で働いたり、ろう社会と聴社会をつなぐ仕事をしたりもします。

わたしはどこに行っても、こう自己紹介します。ろう者である両親のもとに生まれたことが「語り手」としての先天的な資質だと信じ、ものを書き、映画を作っています、と。ですが、ろう者である親のもとに生まれたからといって、誰もが語り手になるわけではありません。良い語り手になるには相当の努力が必要です。とはいえ、「手話やろう文化に対する直観や、ろう社会と聴社会を行き来しながら育った経験は、ある種の特別な観点を生み出す」という点には疑問の余地がありません。それをわたしは語り手としての資質と呼んでいます。

◆コーダとラジオ

この本の出発点は、あるラジオ局が制作したポッドキャストプログラムでした。毎回テーマを一つ決め、それについて四人の著者が各自の観点で文章を書き、録音するというものです。最初に提案を受けたときは断ろうと思いました。「ラジオ」という媒体が好きになれなかったからです。映画を作ったりものを書いたりする仕事をしているので、ラジオ番組に出演して自分の作品や活動を紹介したことも何度かありますが、そのたびになんとも言えない気分になりました。わたしの最初の読者、観客である母と父は、わたしが何を話しているのか、どんな会話を交わしているのか、知る術がないからです。しかも、ろう者である両親のもとで育った話をすることになるだろうに、話に登場する当人たちが使えない媒体で発信するのは、気が進みませんでした。

でも、コーダの視点で見た手話やろう文化について文字言語で書き、それを音声言語と音で具現するということに、多少興味も引かれました。これまで、手で話し、愛し、悲しむ人たちの話を作家として文章で表現してきましたが、今度は音声言語で、ろう者の感覚を表現するチャンスかもしれないと思ったのです。聴覚を通して知る手話の世界、なんだかおもしろそうです。うまくいけば、新たな媒体を発見するきっかけになるかもしれないと考え、プロジェクトを引き受けることにしました。

第一回の録音を終えたあとだったでしょうか。すぐに自覚しました。わたしの読者、観客のリストから、ろう者である両親を外すことは絶対にできない、という自分の気持ちを。けれど、ラジオがなんなのか、そこで何をするのか、誰かと話をするのか、書いた原稿をどんなふうに読むのか、リスナーはそれを聞いてどんな反応を示すのか、といったことを両親に一つひとつ手話で説明する自信がありませんでした。音声言語と手話言語を隔てる壁を前に、お互いに気まずい思いをしたくもありません。何より、うまくできたねと言うべきなのか、聞けなくて残念だと言うべきなのか、反応に困っている母と父の姿を見たくはありませんでした。

録音した音声ファイルを送る際、担当プロデューサーに伝えました。費用がかかっても、全回分に手話通訳をつけることを検討してもらえないかと。コーダである娘がラジオ番組の原稿を書いて録音するというのに、両親がその内容を知る術がないというのは、どう考えてもおかしいと。幸い、前向きな返事が返ってきました。手話通訳をつけるための予算を確保してみると。そうして、韓国で初めて、手話通訳が全回分提供されるポッドキャストの番組が誕生したのです。わたしも無事、番組を最後まで終えることができました。両親をはじめ、ろう者の視聴者がとても喜んでくれたのは言うまでもありません。

◆コーダの視点で書き、話すということ

もし、このプロジェクトで「ラジオ」という言葉が提示されていたとしたら、前述のような話を書いていたかもしれません。わたしにとってラジオはいまもやはり敬遠したい媒体で、だからこそ挑戦しがいのある、潜在的な可能性を秘めた媒体なのです。

何より、ラジオは目を閉じていても聞くことができます。聴覚を基盤とした音の組み合わせで新たな空間が具現されるのです。そこには、言語を持たない「物」たちの空間も生まれます。普段、特に関心を持っていなかった、あるいは何気なく接していた物体が違って感じられます。普段よく使っている視覚という感覚なしに認識しなければならないからです。それによって、みずから問い、考えるようになります。わたしたちは「テレビ」をどのように視聴しているのか、それとは違う方法でテレビを利用している人がいるとしたらそれは誰か、「手のひら」はどのような機能をするのか、手のひらを大きく広げて相手に見せるのはどういう意味を持つのか、読むことのできない「本」があるとしたらそれはどういうものか、「床」はどんな物語を生み出すのか、といったことを、です。これまでとは違う新たな観点で見ることで、物言わぬ「物」たちは言語や物語を獲得します。文字どおり「ささやく物たち」になるのです。

　このように、わたしは感覚と感覚のあいだを行き来しながら、音声言語中心の社会で、継承手話話者の視点、コーダの視点で世の中を見ます。ろう社会と聴社会を行き来しながら生きる人間の視点で考えます。ろう者である両親とともに接してきた感覚について話をしたり、ある単語を両親の視点で解釈してみたりもします。聴者でありながら、同時に、ろう者の感覚を理解する者として話をします。これらの作業はこの先も続いていくはずです。わたしは、語り手として生まれ育った継承手話話者、コーダですから。

※1　スギョン・イサクソン、「遺産としての手話使用者、コーダ（Heritage Signer, CODA）」、コーダコリア――コーダ研究事業大衆講演、二〇二二年六月二四日

※2　アンドリュー・ソロモン著、コ・ギタク訳、『親と違う子どもたちI』、ヨルリンチェクドゥル、二〇一五、一四一ページ〈原書『Far From the Tree』、邦訳書『「ちがい」がある子とその親の物語I』〉

3 部

動く心

움직이는 마음

장난감

おもちゃ

チーターとウィルソン

キム・ウォニョン

トム・ハンクス主演の映画「キャスト・アウェイ」で、主人公のチャック・ノーランドは無人島に漂着します。待てど暮らせど救助隊はやってこず、結局、長い時間を島で過ごすことになります。ロビンソン・クルーソーにとっての「フライデー」のように、幸い、チャックのそばにはウィルソンがいました。ウィルソンは目、鼻、口を適当に描いたバレーボールです。チャックはバレーボールのウィルソンに話しかけ、ウィルソンの話を聞きます。もちろん、話といってもチャックの独り言ですが。もうこれ以上は耐えられない、というほど時が流れたある日、チャックは救助される機会を目の前で逃してしまいます。絶望した彼は、いら立ちと落胆のあまりウィルソンを海に向かって蹴り飛ばしてしまいます。けれどすぐ我に返り、「ウィルソン！　ウィルソン！」と叫びながら、ウィルソンを捜して海辺をさまよいます。

子どものころわたしは、おもちゃに強い愛着を持っていました。とりわけ、わたしと同年代の人なら誰もが夢中になったであろうレゴブロックでよく遊びました。ブロックの一つひとつは、作りたい物の部品（道具）に過ぎませんが、わたしはある日、ブロックの中から一つを選び出し、それを特別な存在として扱うことに決めたのです。名前までつけたかどうかは覚えていませんが、見分けがつくよう印をしておきました。ブロックで何かを作るときは、そいつが一番良い位置にくるようにしました。手に握って眠ったこともあります。まるで、そのブロックと一つのチームになって模型を組み立てているような気分でした。

一人で過ごす時間が長かった幼いころのわたしにとって、そのブロックは一種の「ウィルソン」だったわけです。部屋の中にあるほかの物たち、たとえばテレビのリモコンや扇風機、丸いお膳、電話機なんかは、友だちにするには適していませんでした。それらはあまりにも忙しいからです。母や父、祖母まで家族みんなが使っていて、わたし自身も特定の用途に使用していたので。やはり、「使い道」がはっきりしている物に心を許すというのは、そう簡単なことではありません（職場の同僚と心からの友だちになるのがどれほど難しいか、考えてみてください）。つまり、ただのおもちゃとして生まれた物にこそ「ウィルソン」の資格があるということです。チャックにとってバレーボールが「ウィルソン」になり得たのは、その姿が人間の顔のように丸かったから、という理由だけでなく、その島では誰ともバレーボールができないから、つまり、なんの「使い道」もない物だったから、という理由もあるのではないでしょうか。

数年前から「伴侶人形」という言葉をよく見かけます。伴侶者や伴侶動物のように、長年生活をともにしてその記憶が染み付いている人形のことです。わたしにも伴侶人形と呼べるものがあります。小さなチーターのぬいぐるみなのですが、実際にはクマに見えます。一〇年以上前にプレゼントされ、以来ずっと一緒に暮らしています。子どものころの特別なレゴブロックのようにそのぬいぐるみに話しかけたりはしませんが（正直に言うとたまに話しかけます。一人でご飯を食べているときなんかに。みなさんもそうですよね？）、二〇一三年一月に司法試験を受けたときは、会場近くの宿まで持っていきました。チーターの首には日本人の友人がくれたお守りをかけておきました。試験が終わるまでの一週間、ぬいぐるみはずっとわたしと一緒でした（わたしは科学的思考を重視する現代人であることを、念のため書き添えておきます）。

これといった用途のない、ただ遊ぶために、あるいはおもちゃとして生まれた物をかわいがり、それに染み付いた記憶を大人になっても大切にするという態度は、ちょっと情けなく見えるかもしれません。寿命のきた物はさっさと捨て、その用途に一番効果的な物を新たに購入するのが、いまの時代の大人にとってはごく普通のことだからです。けれど、植物や動物、さらには人々との関係においてもただ「使い道」だけを基準に生きているとしたら、これといった用途もなく生まれた物を大切にしていた幼いころの気持ちも、時には必要ではないでしょうか。取るに足りない、実用的でない、使い道のない、幼稚に見える物さえも大切に扱う人ならば、きっとほかの人をおもちゃのように扱ったりはしないはずだからです。

手にして遊べるビー玉のほうがいいさ

キム・ソヨン

小説家で詩人、児童文学家の玄徳《ヒョンドク》が一九三八年に書いた「ブドウとビー玉※」は、おそらく、わたしがこれまでに朗読した回数が一番多い童話だと思います。四ページしかない非常に短い作品です。文章が簡潔で言葉も易しいので、歌うように読みたくなります。子どもたちに読み聞かせるだけでなく、大人たちに「良い童話」や「文章の力」を説明するときにも読んであげます。たいてい、子どもたちはハラハラしながら聞き、大人たちは大笑いします。

登場人物はノマとキドンイの二人だけです。裕福な家の子キドンイはブドウを一房持っていて、貧しい家の子ノマはガラスのビー玉をいくつか持っていました。キドンイはおいしそうなブドウを自慢し、ノマはビー玉を自慢します。形も大きさも似ているブドウの粒とビー玉。実は二人とも、相手の持っているものに関心がないわけではありません。互いに相手の腹の内を探りながら、交換しようと提案したり断ったりを繰り返します。だんだん緊張感が高まっていきます。最初は、貴重なブドウを持っているキドンイが有利に見えましたが、最終的に勝つのはビー玉を持っているノマです。

「食べるものなんかどこがいいのさ。手にして遊べるビー玉のほうがいいさ」

ノマの言うとおりです。キドンイがブドウを全部食べたあとも、「手にして遊べる」ビー玉は残っていますから。おもちゃというのはそういうものです。手にして遊ぶ以外に使い道はないけれど、そうであるからこそいいのです。

車に乗っているとき「おもちゃのディスカウントショップ」という看板を目にし、いつからか「おもちゃの店」を見かけなくなったことに気づきました。大型マートのおもちゃ売り場や有名ブランド店、フランチャイズの雑貨店などに吸収されたせいです。コンビニや薬局でも子ども向けのキャラクター商品を販売しているというのに、肝心の「おもちゃの店」がなくなってしまったとは。子どもの生活も昔とは違うとわかってはいても、とても残念に思いました。

もちろん、子どもたちはおもちゃが好きだという事実は変わっていません。sはわたしに「遊戯王」のカードゲームを必死になって教えてくれようとしたことがあります。自分の集めたカードがいかにすごいかを効果的に自慢するには、相手にもある程度の知識がないといけないからです。問題は、わたしが「遊戯王」についてまったく何も知らない、ということでした。そして八歳の子どもが白紙状態の大人に、ある分野の基礎から細部事項まですべてを説明するのは、やはり難しいことです。わたしもメモまで取りながらできるだけ集中して聞きましたが、ついに理解できませんでした。sは結局諦めました。でも、角の擦り切れたsのカードを見て、時代は変わっても「手にして遊べる」おもちゃがいかに大事なものかがわかりました。

九歳のcは一時期「液体怪物」〈スライム〉にはまっていました。わたしは名前だけ聞いて、何やら良からぬおもちゃではないかと心配していたのですが、cが持ってきたのを見てみると、自由自在に形を変えるおもしろいおもちゃでした。

「前に調べてみたんだけど、悪い成分が入ってるのもあるんだって。とにかく、あんまり長い時間遊ばないほうがいいんじゃないかな。気をつけないと」

そう言いつつ、わたしも「液体怪物」を触ってみました。指先に、なんとも心地よい滑らかな感触が残りました。

uのかばんからコンギットル〈複数の小石を放り上げたりつかんだりする昔ながらの遊び。いまはプラスチック製が主流〉が出てきたときは、懐かしさのあまり、わたしのほうから対決を挑みました。最後にコンギットルを手にしたのはいつだったか記憶にもありませんが、わたしの手が、身体が、その遊びを覚えているということがうれしくてたまりませんでした。もう指が太くなって、ほかのコンギットルに当たらないようにつまむのは、うまくできませんでした。その代わり、手の甲に乗せたコンギットルを放り上げて空中でつかむ技「コッキ」は、子どものころよりうんと上手にできました。手が大きくなったからです。

uは、読書教室の前にある「〇〇コンビニ」でコンギットルを買ったと言いました。名前はコンビニですが、実際には文具店を兼ねた小さな商店です。わたしもときどき利用する店なのに、どうして一度も目にしたことがなかったのでしょう。子どもたちはどうやってコンギットルのことを知ったのでしょう。

わたしもさっそくその日、買いにいきました。コンギットルは、重さの違う二種類がありました。軽いのは六〇〇ウォン、ちょっと重いのは八〇〇ウォン。もちろん八〇〇ウォンのを買いました。もし一〇〇〇ウォンのがあったらそれを買っていたでしょう。いまでは一番上等なコンギットルを買うことのできる大人ですから。遊ぶのに必要なコンギットルは五個なのに、容器には七個も入っていました。あとでuにそのことを話すと、子どもはよく失くすから一、二個余分に入れてくれているのだと言っていました。なんともいい話です。

みなさんのおもちゃは何ですか？　特に思いつかないなら、とりあえずコンギットルやビー玉、あるいは液体怪物で遊んでみてください。それくらいは気前よく買えるのが大人のいいところですよね？

※　玄徳著、ウォン・ジョンチャン編、『あんたとなんか、遊ばない』、チャンビ、一九九五

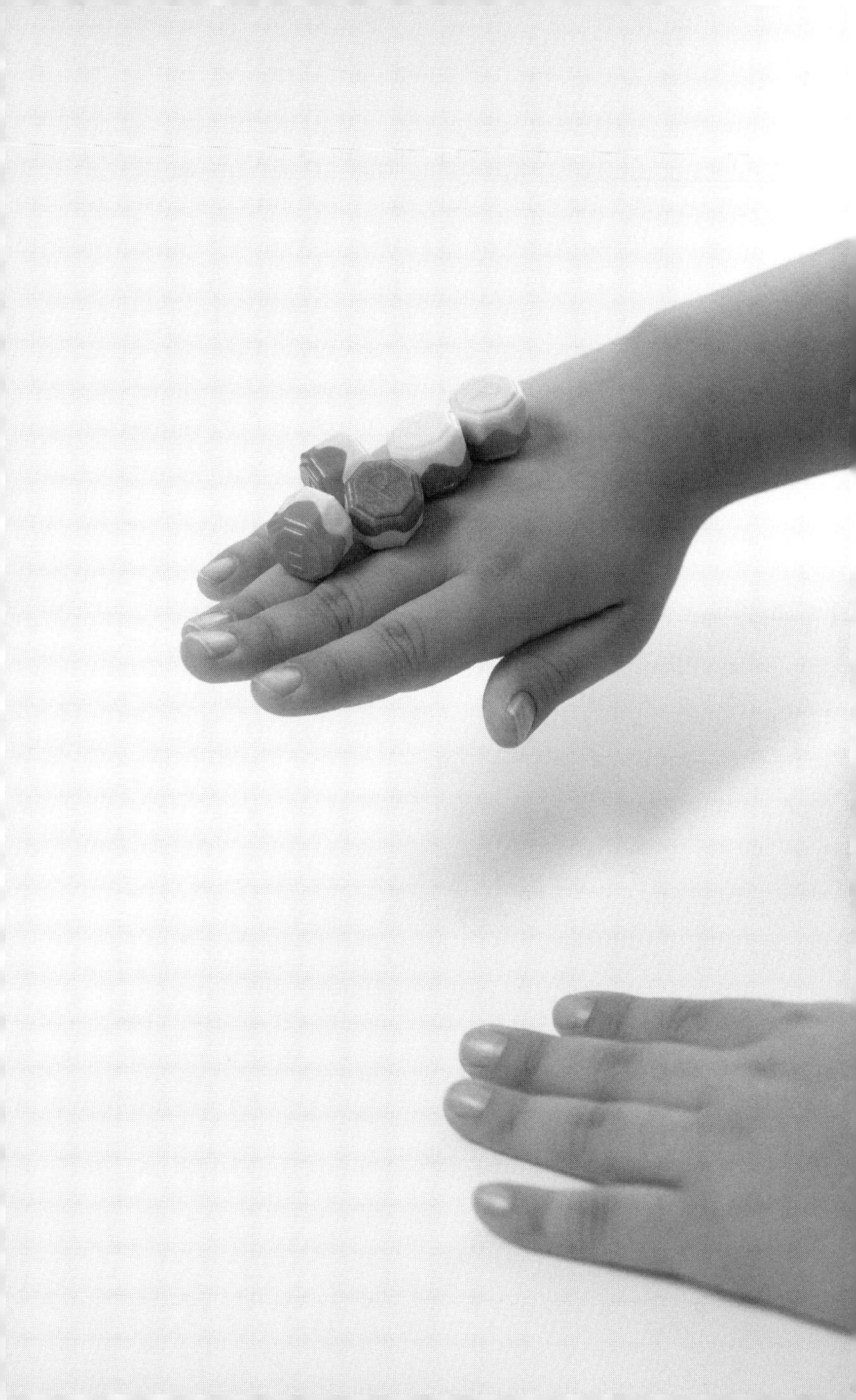

世界で一番素敵な光のおもちゃ

イギル・ボラ

わたしが幼いころ、母と父は全国各地の祭り会場を訪ね歩き、さまざまな食べ物を売っていました。油を使わずに焼いたホットク〈小麦粉の生地で黒砂糖などを包んで焼いた菓子〉、プルパン、菊花《クックァ》パン〈菊花模様の今川焼きのような菓子〉、ワッフル、ピンクや黄色のスプリンクル※をまぶしたチョコバナナ、イカのバター焼き、ポンテギ〈蚕のさなぎの煮付け〉など、祭り会場で見かける定番の屋台料理はひととおり売っていました。

気候の良い春や夏、秋は、各地で続々と祭りが開かれます。母と父は車に機械と材料を積み込んで全国を回っていました。いまは、どこでどんな祭りが開かれるかインターネットで検索すればすぐにわかりますが、インターネットが普及する前の一九九〇年代後半は、新聞が情報源でした。父はときどき、新聞の隅っこの記事に丸く印をつけては、親指と小指を伸ばした右の拳を耳に当てる「電話」の手話をしてみせました。音声言語の使えない自分に代わって電話をかけてくれという意味です。わたしは受話器を取って、その市や郡の役所の電話番号を押します。

「こんにちは。お父さんは耳が聞こえないので、わたしが代わりに電話をかけました。◯◯祭りでお店を出したいと言ってるんですけど、具体的な日にちと場所を教えてくれますか?」

見ず知らずの人に自分と親のことを説明し、必要な情報を教えてもらうのは、七歳のわたしにとっては非常に荷の重いことでしたが、仕方がありません。弟はまだ五歳で、この家で電話通訳のできる人間はわたししかいないのですから。

そんなわたしたちにとって、夏休みは本当に心躍るシーズンでした。母と父は連日各地で開かれる祭りの会場を訪ね歩いてお金を稼ぎ、海水浴場に腰を据えて長期間商売することもありました。わたしと弟は夏休みの一カ月間、両親とともに各地を回りながら楽しく遊んだものです。母と父は、各種機械や材料、簡素な服などを車にぎっしり積み込んでエンジンをかけます。移動中は、トンネルを通過することもときどきありました。暗がりに黄色っぽい照明が点々と連なっている空間です。トンネルが見えると、母と父は大声を上げました。

「ボア!　グァンヒ!」

音の聞こえない母と父は、わたしを「ボア」と呼んでいました。「ボア」が「ボラ」を指していることを、わたしは誰よりもよく知っていました。「ボア」という声が聞こえると、寝ていてもがばっと起き上がったものです。車のシートに座った弟とわたしは前方を見つめます。車がトンネルに入ると辺りが真っ暗になると同時に、黄色い光に包まれます。母と父は、すぼめた口を手のひらで軽く叩きながら声を出します。こんなふうに。

「ウブブウブブブブウウブ」

するとわたしと弟も、座ったまま飛び跳ねながら真似をします。

「ウブブウブブブブウウウ！」

トンネルを出るまで、ゲームのような「儀式」は続きました。そして次のトンネルに差し掛かるとまた始まり、その次のトンネルに入るとまた始まったのです。

大人になったいまも、トンネルを通過するときは口に手を当てて声を出します。考えてみるとそれは、耳の代わりに目で、聴覚の代わりに「拡張された視覚」で世界を生きる、ろう者である両親が、聴者であるわが子に贈ることのできる最高に素敵なおもちゃだったのです。母と父は降り注ぐ黄色い光の中で、わたしと弟は光と「ウブブブウ」という声の中で、身を躍らせながらその時間を通過していました。思い出したついでに、いま一緒に暮らしている新しい家族にもその儀式を紹介してあげようと思います。それは生涯の記憶として残る、とても素敵なおもちゃなので。

※　アイスクリームやケーキのデコレーション用のカラフルな小粒の菓子

おもちゃ一つにワクワクする気分

チェ・テギュ

いまわたしの家には、コンスとトドンイという名の猫たちが一緒に暮らしています。三代目となるトドンイが生まれる前、そして初代のモモが亡くなる前は、二代目のコンスとモモの二匹が一緒に暮らしていた時期がありました。モモとコンスは一一歳違いで、二匹が一緒に過ごした期間は三年ほどです。普通は、猫が二匹いると、一匹でいるよりメリットが多いものです。人間に遊んでもらえないときは二匹で「運動会」をしたり、おしゃべりしたりします。本当に望ましいケースでは、互いの身体を舐めてあげたり、身を寄せてぬくもりを分け合ったりする間柄になることもあります。

残念なことに、初代のモモはとても幼いころに拾われてきたため、ほかの猫とどう接すればいいのかを学ぶ機会がありませんでした。子猫時代の社会化の経験は、ほかの猫や人間と一緒に暮らしていくうえで非常に重要なものですが、モモはその時期を人間としか過ごせなかったのです。なので、わたしとかくれんぼをするのは上手でしたが、ほかの猫との遊び方はよくわからないようでした。逆に、動物保護団体の施設で生まれたコンスは、母親やきょうだいたちと十分にコミュニケーションをとりながら育ち、人間の手にも慣れているので、誰とでも楽しく過ごすことができます。ほかの猫と遊ぶのも好きなコンスはときどきモモに遊ぼうと誘っていましたが、モモはいつもぎこちない反応しかできませんでした。年齢差も大きいので、やはり友だち同士になるのは難しかったようです。

そういうわけでコンスは、モモと遊ぶ時間より、一緒に暮らしている「執事」と遊ぶ時間のほうが好きでした。一番張り切るのは断然、猫じゃらしを追いかけて家の中を走り回る遊びです。人間が猫じゃらしで猫と遊ぶ場面はすっかりおなじみですよね？　おそらく、執事がじっと座って猫じゃらしを揺らし、猫はそれをつかまえようと「ニャンニャン」パンチを繰り出す、という場面を思い浮かべることでしょう。でも、コンスとわたしはもっと「激しく」遊びます。わたしは猫じゃらしを持って、キャットタワーと冷蔵庫のあいだを走りながら行ったり来たりします。もちろん、かかとを浮かせて、階下に足音が響かないよう気をつけながら。するとコンスは、ぶらぶら揺れる猫じゃらしを全力で追いかけ、やがてキャットタワーや冷蔵庫のところまで来ると、そのてっぺんまで上る垂直運動も忘れません。猫じゃらしの先についているおもちゃをコンスがひっつかんで口にくわえると、その回のゲームは終了です。コンスは、おもちゃをつかまえるのに成功すると、まるで狩りに成功したかのように部屋の隅に持っていき、そしてまたわたしを呼ぶのです。

さあさあ、人間、もう一回やるのだよ。

そんなふうに、一度に一〇回ほどゲームを繰り返します。するとコンスは完全に息が上がるのですが、それでも、自分はまだ疲れてなんかいない、もっともっと遊ぶんだ、とうそをつきます。すっかりハマっています。ヘトヘトの状態で冷蔵庫の上に上ろうとして足を滑らせることもあるので、もうそろそろいいだろうと思ったら、わたしは猫じゃらしを隠します。するとコンスは「いやいや、まだ終わってないんだけど？」と一瞬不満げにしますが、すぐに床にべたりと伸びてしまいます。しばらく伸びていたコンスはいつの間にか、おもちゃの入っている引き出しの前に座ってニャーニャー鳴きながら、また猫じゃらしで遊ぶ時間だと催促します。一日に一〇回以上狩りをしたという猫の祖先のように、コンスも一日に一〇回以上、おもちゃの狩りをしたいのです。

熊胆の採取目的でツキノワグマを飼育している熊農場の調査に行って、一頭だけ残されたツキノワグマと対面した日のことを思い出します。その飼育熊には飲み水や食べ物が不足していることもなく、雨風をしのぐ頑丈な家もありました。不足しているのはただ一つ、やることがない、ということでした。熊が野生で毎日すること、たとえば何かを噛み、引きちぎり、前足で掘って匂いを嗅ぐことが、その鉄格子の中ではできなかったのです。そこで、農場主には内緒で、朽ちた丸太を鉄格子の前に置いてみました。丸太は鉄格子に引っかかって中に入れることはできませんが、熊は両前足の指と爪をなんとか鉄格子の隙間から出して丸太をつかみ、かじりついたり味見したりしながらしばらく楽しそうに遊んでいました。運が良ければ、中からシロアリやぷっくり肥えた幼虫が出てきたかもしれません。何も出てこなかったとしても、丈夫な足の爪と歯で大きな丸太を砕きながら、長い舌としっとり湿った鼻の穴の「使い道」を実感したことでしょう。その数時間は、鉄格子に閉じ込められた長い一日の中で、とりわけ早く過ぎ去った時間だったかもしれません。

おもちゃ

チェ・テギュ

병원

病院

病院を保護する人たち

キム・ウォニョン

病院は誰にとってもあまり行きたい場所ではありません。病院の中に入るとなぜか重苦しい感じがするし、心臓もドキドキします。わたしは幼いころ何度も手術を受け、とても長い時間を病院で過ごしていましたが、病院を訪ねるたびにおなかが痛くなりトイレに行きたくなったものです。患者として病院に行くのは言うまでもなくつらい経験ですが、保護者として行くのも大変なのは同じです。

一〇歳にもなっていないころの記憶ですが、母が、小さな付き添い用ベッドで身体を丸めて眠っていたときの顔や、入退院の手続きのためさまざまな書類を手に院内を駆けずり回っていた姿は忘れられません。病院では、保護者はへたばってなどいられません。わたしのいた大部屋にはある患者の保護者として大柄なおばさんが付き添っていたのですが、ゆで卵を三〇個近く積み上げておき、一日でほとんど食べきっていたそうです（母の記憶です）。はた目には、何もそこまで、と映ったかもしれませんが、病人を守るためにはまず自分が倒れてはならないことをよく知っている方だったのでしょう。

患者の付き添いで来た保護者は、病院のシステムに慣れなければなりません。総合病院のように大きな医療機関は、初めての人が利用するにはかなりハードルの高そうな場所です。状態の良くない患者をどこかに座らせておき、その巨大なシステムが要求する手続きを一つひとつ踏んでいかねばならないのです。昔と違い、最近の総合病院は自動化が進んでいます。無人の自動受付精算機「キオスク」が院内のあらゆるところに設置されています。おかげで手続きに長く待たされることはありませんが、一方で、そういう機器に不慣れな高齢者にとってはちっとも便利ではないように見えます。キオスクの操作が難しいからと受付カウンターに行けば、番号札を取ってくるようにと大声で職員に言われます。ですがその番号札を取るには、またキオスクのところに行って患者登録番号を入力するか、診察予約書のバーコードを読み取らせなければならないのです。案内係が何やら説明してくれますが、新型コロナウイルスの流行を機にみんなマスクをするようになったので、耳の遠くなった高齢者は対話もままなりません。病気を治してくれるはずのこの巨大な医療システムは、高齢の保護者にとっては高いハードルなのです。

韓国の健康保険システムは、徐々に迫りくる人口構造の危機に直面してはいるものの、いまのところはまだ、高齢者に対して比較的良い医療保障サービスを提供しているように思えます。けれどわたしたちは、高齢者が、ケアを受ける存在であると同時に、主要な「ケア提供者」でもあることを見過ごしがちです。自分自身や子どもの体調が悪いときでさえ休みを取るのに気を使う韓国の職場環境において、親や高齢の親戚の病院への付き添いのために休みを取るのはけっして容易なことではありません。では、あれほどたくさんいる高齢の患者たちは、いったい誰の助けを借りて病院を利用しているのでしょうか？　そばにいる、同じく高齢の保護者です。巨大な上級総合病院〈高度医療を提供する病院〉で、夫の車椅子を押し、妻の手を取り、姉や妹あるいは友人に付き添って院内を駆けずり回っている高齢の保護者の姿は珍しくありません。その高齢の保護者に病気の説明をするのに声が大きくなる医者、次の診察予約日を決め、支払いの手続きや薬の服用方法を声をからしながら説明する看護師、キオスクの前で途方に暮れている人を手助けする通りがかりの若い患者や保護者、忙しそうに働く案内係の人たちが、このシステムを（かろうじて）維持しているのです。

二〇二二年に統計庁が発表した人口推計によると、韓国は二〇二五年には六五歳以上の韓国人が一〇〇〇万人を超え、二〇三五年になるとその割合は人口の三〇パーセントを超える見込みだといいます。この数値を見て、韓国の健康保険や医療システムが高齢の患者のせいで崩壊してしまうと考える人がいるかもしれません。ですが、別の見方もできます。韓国の医療システムは、六五歳以上の保護者やその保護者を手助けする人たちによってのみ持続可能なのだと。

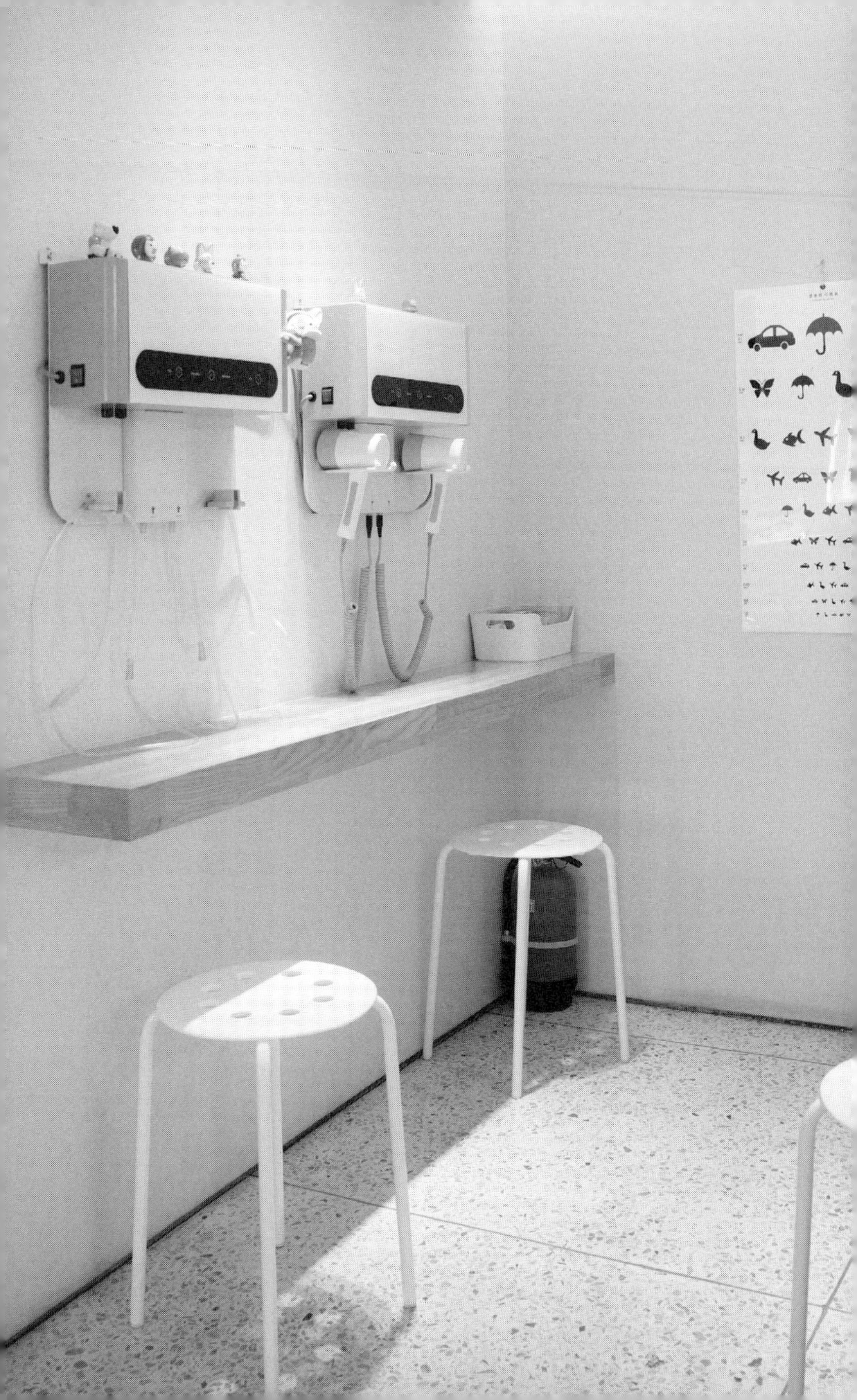

歩いて行ける病院

キム・ソヨン

数年前のことです。風邪がなかなか治らず苦しんでいたわたしに、近所の薬局の薬剤師さんが病院に行くよう勧めてくれました。薬剤師さんに「こうこう、こういう理由で近くの◯◯病院にはあまり行きたくないんです。どこかいい病院はないでしょうか?」と尋ねると、「それなら小児科に行くといいですよ。この建物にも入っているでしょ」と教えてくれました。わたしは驚いて聞き返します。

「わたしは小児でもないし、一緒に行く小児もいないのに、行ってもいいんですか?」

薬剤師さんは笑いながら、大丈夫、早く診察を受けて処方箋をもらってきなさい、と言いました。

ためらいがちに小児科に足を踏み入れました。受付をしながらもなんだか落ち着かなかったのですが、看護師さんは特に何も言わず、適度に親切に対応してくれました。わたしは看護師さんが耳に体温計を入れやすいようカウンターのほうに身体を少し傾けたのですが、それがなんだか照れくさく、そして、妙にうれしかったのです。ほかの病院でもいつもやっていることなのにどうしてそんな気持ちになるのか、そのときはよくわかりませんでした。

自分の番になるのを待つあいだ、病院の中を見回してみました。待合室の椅子は、大人が座ると膝が少し持ち上がり、一〇歳くらいの子どもが座ると床に足がつく高さでした。一角にはもっと低い椅子とテーブルがあり、そばの棚には絵本がきちんと並べられています。身長と体重を測定する機械のそばに秤《はかり》があるのでなんだろうと思ったら、赤ちゃん用の体重計でした。ふかふかのタオルが敷いてあります。テレビの音も音楽も流れておらず、静かでした。新しくはないけれど清潔な病院です。静かに座って順番を待っているだけで、鼻と頭の熱っぽさが収まってくるような気がしました。

診察室では年配のお医者さんが、何気ない、優しい声で「今日はどうされましたか?」と尋ねました。先生が聴診器を当てるときや喉の奥をのぞくとき、看護師さんはずっと介助をしてくれました。わたしは、自分がどうして「妙にうれしい気持ち」になったのかわかりました。誰かに世話してもらっている感じ、守られている感じがしたのです。それは体調の悪い人に必要な感覚です。子どもたちが小児科でそういう感覚を味わっていると思うと、とても安心しました。後日、読書教室の子どもたちにその病院の話をすると、「ぼくが病院に行くとき、お母さんとお父さんも一緒に行って診てもらうんだよ。ぼくが風邪をひくと、お母さんもお父さんもひくから」と教えてくれました。

わたしが子どものころ通っていた病院のことを思い出しました。町名を冠した「医院」で、古い住宅を改造した建物でした。子どもからお年寄りまで、町の人たちはほとんどがその医院に通っていました。院長先生はいくつもの家庭の主治医だったわけです。

当時は病院で薬を調剤していました。粉薬が苦手なわたしのために看護師さんはカプセルに詰めてくれたりもしました。看護師さんはわたしの名前も、わたしがよくおなかを壊すことも知っていました。大学生になってからも、具合が悪いときはその医院を訪ねました。自分のことを知っている誰かに世話をしてもらえる、という感覚がよかったのです。いつだったか地図アプリの「ストリートビュー」で見てみたら、すでに建物自体がなくなっていました。

新型コロナウイルスの流行後は病院に行くことがありませんでした。手洗いやマスクの着用、外出の自粛など、感染予防に一層気をつけていた結果だと思います。そんなある日、おなかを壊して久しぶりにその小児科を訪ねてみたら、看板だけが残され、病院はもぬけの殻でした。先生もご高齢だし患者がだいぶ減ったので廃業を決めたのだと、薬剤師さんが教えてくれました。ちょうどその日授業に来たmに話すと、mはすでに知っていたと言います。

「わたしは赤ちゃんのときからあの病院に行ってたんだよ。先生とか看護師さんのこともよく知ってるから一人で行くこともあったし。病院がなくなるって聞いて、お母さんと一緒にお花をプレゼントしに行ったこともある。お母さんが、もう病気したらダメだからね、って言うの。近所にはもう◯◯病院しかないって。あそこは騒がしいし、ものすごく待たされるからって……」

新型コロナ以降、多くの病院が困難に直面していると言います。なかでも小児科は廃業率が急増したそうです。子どもたちが健康だという意味に受け止めればいいのでしょうか？　わたしはそうは思いません。小児科は子どもを治療するだけでなく、悪いところがないか観察し、病気の子どもを見つけ出す場所でもあります。健康と安全に関して言えば、小児科は「子ども保護区域」〈スクールゾーン〉です。子どもが一人で、歩いて行ける場所に、子どものための病院があるべきではないでしょうか？　ところが、未来もそう明るくはありません。小児科を志望する医者もかなり減ったと言いますから。

当然これは、国や社会があれほど心配している出生率低下とも関係のある問題です。子どもが少ないほど、遠くにいるほど、子どもを大きな声で呼ばないといけないのに、しきりにトンチンカンなところに向かって叫んでいるように思えます。女性を追い詰め、「正常な」家族だけを認め、子どもを尊重しない言葉を、です。そんな言葉を耳にするたびに、看板だけが残された小児科の物寂しい光景が頭にちらつくのは、どうしようもありません。

にぎやかで騒々しいお葬式

イギル・ボラ

父の父、つまり祖父の最期が迫っているときでした。親戚一同が病院に集まりました。医者が言います。旅立ちの時が近いのでお別れのあいさつをするようにと。見ることはできなくても、意識はわずかに残っているので声は聞こえるはずだと。その時からです。ちょっと滑稽な、困惑の一幕が繰り広げられたのです。

わが家の親戚にはろう者も聴者もいます。祖母と祖父から生まれた一人目は聴者、二人目はわたしの父、ろう者です。三人目は聴者、四人目である叔父は父と同じくろう者です。聴者は聴者と結婚し、ろう者はろう者と結婚しました。聴者である一人目と三人目の築いた家庭は全員聴者です。わたしの父はろう者と結婚し、生まれた娘と息子は聴者でした。叔父はろう者と結婚し、生まれた子どものうち一人は音が半分くらい聞こえるろう者、もう一人はまったく聞こえないろう者でした。整理すると、わが家の親戚はろう者半分、聴者半分、ということです。

音の聞こえる伯母さんと叔母さんは祖父の耳元で言いました。

「お父さん、手術まで受けて大変でしたね」

「また会おうね」

祖母は目に涙を浮かべて言いました。

「あんなに元気になりたがっていたのに、かわいそうに。でも、未練を残さず、成仏してくださいね」

次はわが家の番です。みんなが父に注目します。ろう者である父と叔父さんは涙を拭いながら、手話通訳をしているわたしと弟に目を向けます。いまどういう状況なのかと問うている顔です。弟は父に向かって手話で言いました。

「次はお父さんの番だよ」

誰もが目を真っ赤にしていました。わたしと弟も家族の一員として一緒に涙を流すはずの場面でしたが、そういうわけにはいきません。神経を集中させて通訳しないといけないからです。わたしは手を動かして手話で話し、同時に口を動かして音声言語で言いました。

「お父さんは言葉が話せないのに、どうやって耳元でお別れのあいさつをしろって言うの？完全にコメディーじゃん、これ」

父は、拳を握った右手の小指を伸ばし、あごに二回当てました。「大丈夫」という意味の手話です。父は祖父の手をぎゅっと握りしめて言いました。

「ボラ、通訳して」

手を動かす父の目から、ゆっくりと涙があふれてきます。初めてでした。父の涙を見たのは。わたしはやや当惑しながら通訳しました。

「おじいちゃん、お父さんの言うことをわたしが通訳するからね。いままで本当にお疲れさま、そしてありがとう、って。叔父さんもそう言ってるよ。いま、お父さんがおじいちゃんの手をぎゅっと握ってる。わたしがいま言ってること、全部聞こえていますように」

そうやってみんなが各自のやり方で祖父に別れを告げました。わたしも、通訳士ではなく孫娘としてあいさつをしました。「病院」という言葉について考えると、祖父との最期の瞬間が頭に浮かびます。世間体やメンツを重んじていた祖父は、そういう厳粛な場面で、手で話し、手話で通訳することを少し苦々しく思ったかもしれません。病院でも、遺体を清め寿衣〈死者に着せる衣服〉を着せて布でくるむときも、葬儀場でも、どこに行ってもわたしたちは手を動かして手話で話していたことを、おじいちゃんは知っているでしょうか？　きっと、あのにぎやかな「声」をその目でしっかりと見たことでしょう。もしかしたら、少しはうなずいてくれたかもしれません。

最期の瞬間は病院でありませんように

チェ・テギュ

二〇二一年七月は病院通いで本当に大変でした。わが家の初代の猫モモの体調がとても悪かったのです。腎不全でした。一二歳の猫には特に珍しいことではなく、高齢の猫の死因の中でもっとも多い病気でもあります。獣医の家で飼っている猫も病気になることはあるし、飼っている動物が病気になれば獣医も動物病院を訪ねます。わたしは動物病院で働く獣医ではないからです。獣医なら動物の目をちょっと見ただけでどこが悪いのかわかるだろうと思うかもしれませんが、実は獣医は「人間の医者」よりも、機械を使う検査に多くを頼っています。「人間の病院」で最初に聞かれるのは「今日はどうされましたか?」ですよね。動物の場合、どこがどのくらい具合が悪いのかを把握するのは容易ではないし、時間もかかります。結局わからずじまい、ということもあります。人間と、人間以外の動物とでは、互いに似ている部分もあれば、まったく異なる部分もあるのです。

　モモは具合が悪くなりはじめた日、一日じゅう何も口にせず胃液ばかり吐いていました。ただでさえ、留学に行く「執事」と一緒に地球の裏側まで往復したせいで衰弱したという過去があるので、とても心配でした。友人の病院で血液検査とレントゲン撮影をしたところ、腎臓がうまく機能していない状態でした。腎臓で作られたおしっこは尿管を通って膀胱へ流れていくのに、尿管に結石があるのも気がかりでした。もし、腎臓がまだ機能しているのなら、詰まった尿管の代わりにおしっこを膀胱に流す人工尿管をつけるという方法もあります。そこで、韓国でその手術が一番上手だという動物病院を紹介してもらい、訪ねていきました。モモは動物病院が大嫌いな猫で、入院するのはとてつもないストレスになることがわかっていたのでかなり悩みましたが、もしかしたらもっと長くモモと一緒に過ごせるようになるかもしれない、との期待から、モモにはちょっとつらい思いをしてもらうことにしました。

　その動物病院では、さらにいくつかの検査をしなければなりませんでした。腎臓がまともに機能していないのなら人工尿管の手術をしても意味がないので、まずは腎臓の機能を調べることに注力しました。病院で二晩過ごしているあいだ、モモは病院のスタッフにひどく腹を立てていました。自分を治療してくれる人たちだということを、モモは知る由もありません。モモに説明してやる術もありません。モモにとって病院はただ、恐ろしげな音と匂いでいっぱいで、見知らぬ人たちが自分の身体を勝手に触り、針で刺してくる場所だったのです。モモが一番好きな時間、一日を終えてベッドに横たわったわたしに撫でてもらえる時間は、いくら待ってもやってきませんでした。

病院で二日間夜を明かして得た結論は、モモの腎臓は機能しておらず、尿管は完全に詰まっているわけではない、というものでした。人工尿管をつける手術は意味がない、ということです。ところがその病院の獣医は、最後の手段として人工尿管の手術をしてみてはどうかと提案しました。モモを助けるためには、ほかに手立てがなかったからです。きっと、獣医の役割は動物を助けることだと考えての提案だったのだと思います。それが五〇〇万ウォンという高額の手術だからではなく。

わたしはどんな決断を下すのが正しかったのでしょうか？　モモはすでにぐったりして頭も支えられない状態で、麻酔に耐えきれずそのまま死んでしまうかもしれないという状況でした。仮に手術を耐え抜いたとしても、腎機能を回復させる医療技術を人類はまだ手にしていないので、その先どのくらい生きられるかは未知数です。生き延びたとして、もっと心配なのは「生活の質」でした。だから、わたしはモモを家に連れて帰ってきました。友人の動物病院から、数日分の点滴薬と延命のための薬、そして安楽死に使用する薬ももらってきました。

モモは、家に帰ってきてから三日間、再び家族と過ごしました。おしっこはよく出ていましたが、すでに腎臓がやられているので尿毒症が徐々に悪化していきました。モモがあまり苦しまないうちに見送ってやらねばとの思いは、最初から持っていました。モモはもう十分苦しそうで、わたしたちはすでに悲しんでいました。四年前、飼っていた犬を見送ってやったときのように、妻はモモを胸に抱きかかえ、わたしは麻酔薬と安楽死の薬を注射しました。泣いたり笑ったりしながら、心を込めて火葬まで終えましたが、モモを記憶し、二人で慰め合う時間は、きっとこの先もずっと続いていくと思います。

病気の動物を見送ってやるタイミングを判断するのは、そしてそのタイミングを決めるのは、本当に苦しいことです。ですが、その苦しさは、動物とともに過ごす人間が必ず負わねばならないものなのです。見知らぬ病院で苦しんだ末に死ぬということが動物にとってどういう「最期」になるのか、動物を飼っている人も、病気の動物に接する獣医も、真剣に考えてほしいと思います。最期の瞬間を迎えるのが病院でないことを願います。

病院

チェ・テギュ

흔들흔들

ゆらゆら

ゆらゆらする身体のそばに

キム・ウォニョン

アダム・ベンジャミンはイギリスで活動するダンサー、振付師で、一九八〇年代から、障害のある人たちと「動きのワークショップ」を行ってきました。動きのワークショップは、複数の人が一つの空間で特定のプログラムに参加することで、自身と他人の身体を理解し、動きやダンスに関する新たなアイデアや形式、理念を探っていく時間です。ヨガや瞑想のように静的、精神的な活動に重点を置くプログラムもあれば、二〜三人で一組になり、ぶっつけで自由に踊る即興の動き／ダンスプログラムもあります。激しい動きや高度なテクニックを必要としないプログラムがいくらでもあるので、障害者や高齢者も参加できるワークショップは多いと言えます。

二〇一九年にアダムがソウルでワークショップを開催し、わたしも参加しました。二人の人が目を閉じて握手をするように手を握っては離し、握っては離しを繰り返しながら少しずつ遠ざかっていったり、広い練習室の空間を自由に移動し、途中出会った人とちょっとしたダンスの動きを創ってみたりもしました。また、全員が一方の壁付近に集まり（そこを「舞台の外」とします）、誰でも好きなときに前に（「舞台」に）出ていき、好きなだけ、好きなようにダンスを踊ったあと、あるいはなんの動きもせずじっとしていたあと舞台の外に戻る、というプログラムもありました。そういうふうなので、自分一人だけが舞台にいるという瞬間も生まれます。みんなが舞台の外から自分を見つめています。

ピーター・ブルックという演劇学者は、何もないがらんとした空間があって、その空間を一人の人間が横切っていけば（そしてその場面を見守っている観客がいれば）、すでに演劇は始まっているのだと述べました。何もない空間では誰でも俳優になれるという言葉にも聞こえます。ですが、考えるほど簡単ではありません。俳優あるいはダンサーと呼ばれる人たちは、ただ歩いたり、じっと立ったりしているだけでも、どこか普通の人とは違う雰囲気やエネルギーを放っていることが多いです。彼らはたいてい、特別な行為をしなくてもみずからの身体を徹底的にコントロールしていて、そのように意識的にしっかりコントロールされた身体は、何もない空間においても緊張感を呼び起こします。動いていることよりじっとしていることのほうが、普通は難しいものです。わたしたちは重力に抵抗しながら重心を少しずつ移動させていて、また、わたしたちの身体は、全身に血液を送る心臓の拍動に伴って、絶えずわずかに振動していています。そのうえでさらに身体全体を意識的に支配して場を掌握するというのは容易なことではありません。

障害があると、舞台の上でじっとしているのはさらに難しく、場合によっては不可能です。特に、脳性まひなどの脳変性障害のある人は、筋肉の動きを思うようにコントロールできないことが多いです。そのため日常でも、腕や脚、首がゆらゆらと危なっかしく見えます。もちろん、本当に危ないのかと言うと、そうではありません。脳変性障害があっても自分なりの歩行方法を確立した人は簡単には転ばないし、自分なりの戦略で身体全体を十分にコントロールできます。ただ、ゆらゆら揺れる姿が、その人をよく知らない人の目には不安定に見えるだけです。

アダム・ベンジャミンは、わたしの参加したワークショップをドイツでも開催しました。そのとき起こった興味深い出来事について書き記した彼の文章を読んだことがあります。舞台と、舞台の外とに分け、誰でも好きなときに舞台に出ていき、好きなだけ、好きなように行動するという例のプログラムでのことです。障害のある参加者の一人が、ジャックという名の補助犬（helper dog）を連れてきていました。プログラム中は特に手助けすることもないので、ジャックはピアノの後ろで休んでいました。

参加者たちは、何人かが舞台に出ていってはまた全員舞台の外に戻ったり、はたまた、舞台上でおもしろいポーズをとったり悲しげな様子を表現したりもしたことでしょう。そうやってさまざまな場面が繰り広げられる中、参加者の一人だけが舞台上に残される瞬間がありました。彼は何もない舞台の上で、舞台の外に戻る適当なタイミングをつかめないまま、少しまごついていたようです。緊張のせいで身体が多少揺れていたかもしれません。そのとき、ピアノの後ろで休んでいたジャックが身体を起こしました。ジャックは舞台をゆっくり横切り、一人残された彼のもとへと近づいていきます。そして、ほかの参加者たちが集まっている舞台の外の客席へと、彼をそっと案内したのです。予想外の一瞬の出来事に、参加者全員の目が釘付けになりました。※

わずかに揺れる身体、ちょっと困ったような表情。ジャックはその小さな信号を読み取って彼を助けようとしたのでしょうか？　世の中には自分自身を完璧にコントロールできる障害者／非障害者のダンサーも存在するでしょう。でも、たとえ、好き勝手に揺れてしまう身体や心を持て余しているとしても、恐れることはありません。向こうから誰かがあなたのもとへと近づいてきています。

※ このエピソードは以下の書籍に記述されています。
Adam Benjamin, "Finding It When You Get There", in Edited by Sarah Whatley, Charlotte Waelde, Shawn Harmon, Abbe Brown, Karen Wood and Hetty Blades, Dance, Disability and Law: Invisible Difference (2018), Intellect, Bristol, UK: Chicago, IL, USA: Print. pp.321-322.
ジャックを連れて参加した障害者はシルケという名前の弁護士だったそうです。ダンスを踊りたくてジャックと一緒にアダムのワークショップに参加した、障害当事者である弁護士だなんて。なんとなく親近感を覚えつつ、うらやましい気持ちにもなりました

ぐらぐらする歯一本

キム・ソヨン

　bの一番好きなおやつは、フルーツ味のキャラメル「◯◯チュウ」です。もぐもぐ噛んだり、飴のように溶かしながら舐めたりする、甘酸っぱいガムのようなお菓子です。授業の前に雑談をしながら一、二粒口に入れることが多いのですが、その日はbがいらないと言いました。そればかりか、ちょっと顔をしかめてこう言うのです。

「最近は一日三回、ご飯のあとに◯◯チュウを二粒ずつ食べることにしてるんです。だから、それ以外のときは食べられないんです」

　一日三回、二粒ずつとは。まるで、処方箋どおりに苦い薬を規則的に飲んでいる、とでもいうような口ぶりでした。どうしてそんなルールを決めたのか気になる一方で、甘いものをそんなに食べても大丈夫なのかなと心配になりましたが、お母さんに許可をもらっているのだそうです。

「いま、ぐらぐらしてる歯があるんです。まだそこまでぐらぐらってわけじゃないけど。お母さんが歯医者さんで抜いてもらおうって言うからこの前行くには行ったんだけど、椅子に座ったら泣いちゃったんです。そしたら先生が、一週間くらいしてからまた来なさいって。それまでに自然に抜けるかもしれないし、って」

「そうなんだ。でも、◯◯チュウはどうして？」

「前に、◯◯チュウを食べてて歯が抜けたことがあるんです。もともとぐらぐらしてた歯なんだけど、食べてたら勝手に抜けちゃって。ぜんっぜん痛くなくて。笑っちゃうくらい。だからお母さんに、一週間だけ自分でなんとかしてみる、って言ったんです。その代わり、もしダメなら、泣かずに歯医者に行かないといけないんだけど」

◯◯チュウで歯を抜く作戦は、いいアイデアのような、そうでないような……。ほかの歯が虫歯になったらどうするのでしょう？　bには言えませんでしたけど。

bは、歯がぐらぐらするのはおもしろいのに、歯を抜くのはどうしてあんなに怖いのかわからないと言いました。ぐらぐらしている歯に舌先を当てるとざらついた感じがして、その感触がいいのだと言います。bの話を聞いて、すっかり忘れていたその感覚が鮮明によみがえってきました。

子どものころわたしは、歯を抜くのが怖くてたまりませんでした。だから、新たにぐらぐらしている歯を発見すると、とりあえず勘違いだと思うことにしました。どうか勘違いでありますようにと。何かの間違いだと信じたかったのです。その段階を経て現実を受け入れると、ぐらぐらしている歯は特別な存在になりました。舌先で押すと、なんとも言えない快感がありました。ぐらぐらの度合いが少しずつ増し、歯の片側がわずかに浮くようになると、bの言うとおり、そのざらついた感覚を満喫したものです。

ぐらぐら。歯を舌先でぐらぐらさせていて、ふと歯が大きく持ち上がる感じがすることもありました。そんなときは怖くなって、蓋をするようにすぐに歯をもとの位置に戻し、何事もなかったふりをしました。本当の問題はそこからです。まるで自分の口の中にはその歯しかないかのように、全神経がその一本に集中するからです。そっと舌先を当てて押してみます。けっこう押せてしまいます。もう少し押してみます。急に歯が歯茎から大きく持ち上がり、ドキンと音がしたような気がします。もちろん「ドキン！」は自分の心臓の音です。再び、うまくもとに戻しておきます。でもまた五分もしないうちに舌先で歯を押すのです。ぐらぐら。それを繰り返しているうちに、ある瞬間、心を決めます。いまだ。抜こう……。

姉がティッシュペーパーを持ってきて、歯を抜くのを手伝ってくれました。何度も経験していても、毎回、抜くときに出る血は怖いものでした。歯の抜けた跡はびっくりするほど大きく、そして柔らかかったです。なんだか寂しくもありました。姉と一緒に、抜けた歯を観察したあと屋根の上に放り投げにいきました。

「カササギよ、カササギよ。古い歯あげる、新しい歯おくれ」

わたしはそのたびに思いました。カササギはわたしの歯をちゃんと見つけてくれるかな？　屋根から転がり落ちたらどうしよう。カササギはどうして古い歯を持っていくのかな？　食べるの？　このへんにはカササギがいないんだけど……。幸い、毎回、新しい歯は、柔らかい歯茎の下から少しずつ生えてきました。舌先で触れてみると、滑らかで丈夫そうな、もう抜けることのない新しい歯がそこにありました。

「ぐらぐらする」のはおもしろいことでもあり、緊張することでもあります。でも、ぐらぐらすることで頭がいっぱいなら、そろそろ決断を下すときだという意味ではないでしょうか？　◯◯チュウのおかげで楽しく解決できることもありますが、みずから決断を下さねばならないときもあります。勇気がいるし、後悔するかもしれません（「まだ早かった。もっとぐらぐらさせてから抜くんだった！」）。ですが、いずれは新しい歯が生えてくるように、たいていのことはなんとかなるものです。だから、あまり心配しすぎないでください。

　bの歯はどうなったでしょうか？　例の作戦も虚しく歯は抜けず、結局歯医者に行ったそうです。ところが、先生がちょっと触れただけでいとも簡単に「すっと」抜けて、泣く暇もなかったといいます。bは、それまで自分が一生懸命ぐらぐらさせておいたからだと得意顔でした。でも、しばらくはフルーツ味のキャラメルは食べないでおくそうです。きっと、次の歯がぐらぐらしたときにまたせっせと食べるつもりなのでしょう。

手で触れるぐらぐら

イギル・ボラ

「ぐらぐら」という言葉を聞くと、脚の長さが不揃いでぐらついている机や食卓が思い浮かびます。机や食卓の向こうには、〝水平合わせの達人〟である父が立っています。父は身をかがめて机の脚と床のあいだを点検します。全神経を研ぎ澄まし、ぐらつきに集中します。椅子や食卓にぐらつきを発見すると、それらの脚を握ってもう一度揺らしてみます。脚のどれかが短くて水平が合っていないことによるぐらつきです。原因がわかったら、父はきょろきょろと周囲を見回し、水平を合わせるための道具がないか探します。厚い紙を何度か折り曲げたものや木片、石ころを、長さの足りない脚の下に挟みます。ようやくぐらつきが収まったら、父は安心してほかの仕事に集中します。

父は大工でした。鏡台や机などの家具を作る「小木《ソモク》」と呼ばれる人でした。若いころは全国障害者技能競技大会で優秀な成績を収めたこともあります。現在は大工を生業とはしていませんが、いまも変わらず木が好きです。木でできた何かを見つけると、じっくり観察し、手で撫で、指を曲げて関節でトントンと叩いてみます。それは木製の柱だったり、木で作られた扉だったり、食堂に何気なく置かれているテーブルだったり、作りのいい椅子だったりします。最終的な形態がなんであれ、木からスタートしたものならなんでもいいのです。父は、一緒に歩いていてもふと姿が見えなくなったり、遅れて来たりすることがあります。そんなときはまず間違いなく、木に心を奪われているのです。父のいるところまで引き返すと、父は左手で木を触りながら、右手を動かしてこう言います。

「この木、いいな」

「木が頑丈だ」

「捨てるにはちょっともったいない家具だな」

「どこから来た木かな」

まったくもって、予想を裏切らない「木を愛する男」です。

弟とわたしが引っ越しをしたときのことです。いつもせわしなく動き回っている母と父がやけに静かなので振り返ってみました。二人は木製の四角い天板を前に、あれこれ話をしています。イーゼルのような脚に載せて使う天板です。母が尋ねます。

「これ何?」

木を愛する男は、正体を知るべく行動を開始します。まず、見た目は四角く角ばっています。まさに机のような感じです。次に、両手で天板を撫でてみます。滑らかな感触です。水がこぼれてもいいようにしっかりコーティング加工されているところを見ると、食卓か机ではないかと思われます。視覚と触覚で木を感じ取った父は、さらに別の感覚を活用しはじめました。指を曲げて関節で天板を叩いてみます。

トントントン
コンコンコン
カツカツ
ポンポン
ドンドン
カチカチ
コツコツコツ

父の手が動くたびに違う音がします。別の感覚というのは、聴覚でした。一枚の天板でも部位によって木の厚さが異なるので違う音が出るようです。でも、父は音が聞こえないろう者です。母も指を曲げ、関節で叩いて音を出してみます。

カチカチ
ドンドン
ポンポン
カツカツ
コンコンコン
トントントン
コツコツコツ

父は言います。

「違うだろ？　叩く場所によって木の音が全部違う」

母はうなずきます。まるで音が聞こえているかのように。二人は、音にはそれぞれ異なる響きがあるのだと、指の関節から伝わってくるかすかな感覚に集中します。音を触覚で聞いているのです。父は、木はそれぞれ異なる音を持っている、だからこうやって触って、叩いてみるのだと言います。振動は、父にとって音になります。そうやって父は触覚で聴覚を感じ取るのです。

いまではもう、一緒に歩いている途中、父が少し遅れても気にしません。どこかで何かを触り、叩き、楽しそうに揺らしながら木の音を聞いているのでしょう。「木を愛する男」の娘であるわたしも、良い木を見つけると目を見開いてあれこれ観察します。手のひらを広げて木全体の質感を感じ取ります。そして指を曲げ、関節でそっと叩いてみます。

ポンポン
コンコン
ドンドン
カチカチ
トントン
カツカツ

コツコツ

ほかの人たちとはちょっと違うやり方で、振動する音を、見て、触って、聞きます。その感覚で振動を感じ取るのです。

めまいがするほどの恐怖

チェ・テギュ

モモが死んでしばらく、一人残された猫コンスは心がゆらゆらしていました。「つかまえごっこ」をする前にお尻を左右に揺らす、あの「ゆらゆら」ではなく、不安で心が揺らいでいたのです。入院していた初代の猫モモが退院した際、嗅いだことのない、恐ろしげな匂いをどっさり持ち帰ってきたのが問題だったようです。動物病院が大嫌いで、知らない人に勝手に身体を触られるのを怖がるモモは、入院していた二日間、恐怖のフェロモンを大量に分泌していたはずです。人間には感じられませんが、猫同士では認識できるフェロモンです。入院中、モモには何があったのでしょうか？　コンスはそんなモモを見ながら、どんな経験をしたのでしょうか？

モモは、光沢のある冷たい入院ケージに、ひょいと抱き上げられて入れられました。ケージの中からガラス窓を通して外を見ると、白く明るい蛍光灯の下、白や青色の服を着た見知らぬ人間たちが慌ただしく動き回っています。身体にたくさんの管をつけられた見知らぬ動物たちが、自分に何かしようとする人間たちに抵抗しています。何事かと鼻を突き出して匂いを嗅いでみると、ツンとする薬品の匂いや、ほかの猫の発したフェロモンでむせ返りそうです。恐ろしさのあまり全身の毛が逆立ちます。ガラス窓から顔をそらし、なんとか気にしないよう努力してみます。

でもほどなく、気にしないわけにはいかない事態が起こります。消毒薬の匂いをぷんぷんさせた手が入ってきて、わたしを安心させようとする声も聞こえてきます。噛まれないか、引っかかれないかとビクビクしているのがわかります。近寄らないでと、「シャーッ」と叫んでパンチを繰り出してみますが、タオルで覆われてしまいます。怖くて怖くてじたばたしてみますが、相手はわたしよりも力が強いです。全身を押さえつけられました。わたしが爪を使えないように手をガーゼでぐるぐる巻きにします。痛いことしないで、と叫んでみますが、相手はもっと強い力で押さえつけ、わたしの身体をあちこち触っていたかと思うと、針で刺すのです。力いっぱい声を張り上げ、爪を立てながら、住み慣れた家に帰ることばかり考えていま す。意識が遠のきそうなのを必死でこらえていると、またひょいと抱き上げられステンレスの入院ケージに入れられます。身体につけられた管はさらに増えましたが、引っこ抜くことはできません。疲れ果てて、しばらくウトウトします。夢うつつに、ピッピッという機械音と耳慣れない声が騒々しく聞こえてきます。

二日間そんなふうに過ごしたモモは、それ以上手の施しようがなく、治してあげることができないので、あんなにも帰りたがっていた家に帰ってきました。ただでさえ尿毒症が悪化してめまいや吐き気がするのに、二日間、一睡もしていません。使い慣れたベッドで気絶するように眠り、目を覚ましました。病院に連れていかれた日とは違い、身体が思うように動きません。幸い、執事たちがトイレをベッドのそばに移動させてくれたので、布団におもらしをするという屈辱は味わわずに済みましたが、脚に力が入らず、トイレにへたり込んでしまいました。毛づくろいは執事たちが代わりにしてくれますが、病院で染み付いた匂いはなかなか取れません。普段はやたらとちょっかいを出してくるコンスは怯えきって、遠巻きに座って見ているだけです。知らない猫にでも会ったかのようです。

コンスの心は、めまいがするほど揺らいでいました。コンスは、モモ姉さんの様子が病院に行く前からちょっとおかしいと思っていました。コンスは吐くことが怖いのに、モモ姉さんは何度も吐いて普段眠っていた場所で眠らなくなりました。モモ姉さんにちょっかいを出したいという気持ちは不思議となくなり、心がそわそわと落ち着きません。モモ姉さんはケージに入れられ、外に連れていかれました。コンスは、不自然な静けさを感じながら二晩眠りました。疲れ果てた執事たちがモモ姉さんを連れて帰ってきましたが、ああ恐ろしい。あんなに恐ろしい匂いは初めてでした。その場に凍りついてしまうほどの恐怖の匂いです。コンスは「死」というものを考えてみたことはありませんでしたが、それがどれほど危険なものか、その危険がどれほど身近なものか、身をもって感じました。

モモはベッドの上で息を引き取り、執事たちは家じゅうを掃除しました。執事たちはモモの痕跡を消したくなかったのですが、コンスのことを考えて、匂いがついていそうなものはすべて処分したり、拭いたりしました。あ、モモがよく使っていた椅子だけは、どうしても捨てられませんでした。恐怖のフェロモンはもうすっかり消えました。コンスは初めて、モモのいない家で暮らします。あまりに大きな心の揺らぎを経験したせいでしょうか？　しばらくのあいだコンスは怯えているように見えました。そろりそろりと歩き、トイレの砂もそっとかけていました。機嫌よく遊んでいても、突然何かに驚いたように部屋の隅に走っていき身をすくめていることもありました。気持ちを落ち着かせるという猫用の人工フェロモンをしばらく使っていましたが、なかなか良くなりませんでした。三代目の猫トドンイがわが家にやってきて、コンスを慰めてくれるようになるまでは。

理解できないことが起こると心が揺らぎます。いったん揺らいだ心をもとの状態に戻すにはみずからの努力が必要ですが、動物たちにとってそれは人間より難しいことのようです。そのため、ともに暮らす者の助けがなおさら必要となるのです。コンスの揺らいでいる心を落ち着かせてあげようと身体を撫でてやりながら、執事たち自身も癒やされている気分になります。揺らぎは、そうやって日々の癒やしによって収まっていくのです。

소곤소곤

ひそひそ

ひそひそ、心が打ち明ける言葉

キム・ウォニョン

「鼻から息を吸って、ゆっくり吐き出してください。目を閉じて、ネガティブな考えが浮かんだら、その考えが波のように心に打ち寄せては引いていく様子をイメージしてください」

朝の時間、瞑想やストレッチのインターネット放送を流し、インストラクターの指示に従おうとがんばっています。実は、わたしは瞑想やヨガといった活動を少々いぶかしく思っていました。ネガティブな考えが浮かんだら徹底的に分析して問題を解決すべきであって、静かに心を見つめたところでネガティブなものが消えるわけではない、と考えていたのです。

いまは考えが少し変わりました。朝、ストレッチをするのは間違いなく爽やかだし、心をコントロールせよという瞑想インストラクターの言葉もなかなか役に立つと思います。ただ、わたしの問題の一つは、本当にたくさんの考えが滝のように心に降り注いでくる、ということです。複数の分野の仕事をしているので日常が慌ただしいのもありますが、心の奥底にある不満や不適切な態度といったものが作動して心をざわつかせるせいでもあると思います。たとえば朝、ストレッチや瞑想の映像を視聴しているときも、インストラクターが腰をまっすぐ伸ばし、丈夫な下半身を使って上半身を持ち上げる姿勢をとったりすると、わたしの心の中からこんな言葉が飛び出してくるのです。

なんだよ、やっぱりこういうのは障害のない人がやるものなんだな。僕にはできないものだったんだ。

そして、その前日に経験したさまざまな出来事が、記憶の中から「ポン」と浮かび上がってくるのです。カフェで注文しようと並んでいるとき、前の人の注文を受けたあと次に待っているわたしには目もくれず背を向けてしまった従業員の姿、といったものが。車椅子に座っているわたしの姿は、高いカウンターの向こうにいる従業員にはよく見えなかったのでしょう。彼は障害者を排除するつもりはなく、ただ単にわたしに気づかなかった可能性のほうが（はるかに）高いです。頭ではそう理解していても、それとは裏腹に、現実を否定的に一般化して誰かをなじる不満の言葉が心の中から込み上げてくることがあるのです。

僕はコーヒーの注文もまともにできないんだな。やっぱりコーヒーは障害のない人が飲むものだったんだ！　という思いが浮かび、続いてこんなふうに考えます。

いやそもそも、朝はストレッチもして、コーヒーだって簡単に飲めるくせに、障害のない人たちは人生の何が不満だって言うんだ？　人生の難度、めちゃくちゃ低いんじゃないのか？

ある分野で成功したと主張する人たちはよく「心の声に従え」と助言します。人々があぁだこうだ言うのを聞いて人生の重要な決定を下すのではなく、自分が真に望んでいるものはなんなのかに注意を傾けろ、という意味です。助言の趣旨は十分理解できますが、何が真の「心の声」なのか、いったいどうやったらわかるのでしょう？

すべての「心の声」に固有の真実が含まれているとしたら、わたしは「障害のない人たちの人生の不満なんて聞きたくない。まっぴらごめんだ」と、同時代をともに生きる人たちみんなに敵対心を抱いている、そんな人間だということでしょうか？　障害のある人は、そうでない人に比べて、日常でより多くの不便や費用を強いられる可能性が高いのは明らかです。だからといってわたしが、障害の有無によって人生で経験する困難や苦痛の総量を一般化し、「比較的困難の少ない」人たちの立場をまったく理解しなくてもいいと考えているわけではありません。ですがもし、それはただ人々の前で自分の心を欺いているだけであって、心の中から時折聞こえてくる、あの否定的で感情的な態度こそが真のわたしを表しているとしたら、どうすればいいのでしょう?

「心の言うままに」あるいは「心の声に従え」という助言にあまり意味がない理由がここにあります。わたしたちの心の中の考えというのは、実は、外部からの騒々しい声や、日常の無数のストレス、長らく歪曲され抑圧されてきた否定的な考えの混合物であり、そのような考えと「真の自分の心の声」とを区別するのは、ほぼ不可能です。暴風雨のように襲ってくる「考えの波」のその下に「真の自分自身」が存在するのかどうかさえ、実はよくわかりません。

ただ一つ、これだけは確かです。わたしたちが誰かに話しかけるとき、本当に重要な内容なら、滝のように相手に浴びせかけたりはしないということ。むしろゆっくりと、ためらいがちに、相手のそばに行って小さな声でひそひそと伝えるということ。ゆえに、本当に重要な「心の中の言葉」なら、わたしたちにひそひそと聞こえてくるはずです。その声をしっかりと聞くために瞑想が役に立つのか、専門家に心理相談を受けるほうがいいのか、そういうことはわかりません。ですが、心の中と外の騒々しい言葉にとらわれ、その声を反復したり拡大したりしないようにだけは気をつけようと思います。学生時代、友人に初めて自分の「真実」をひそひそと打ち明けたときのことを思い出しながら。

覚えましょう

キム・ソヨン

認めたくはないのですが、言葉に関する限り、わたしは保守的な人間です。言語が時代とともに変化していくことは、理論としては知っています。けれど、言葉の意味が違うふうに使われていたり、新造語が標準語のように使われていたりするのを見ると、どうも寛大な気持ちにはなれません。

たとえば「꼬집／コジプ」があります。料理をするとき、塩や砂糖を指先で軽くつまんだ量のことを、近ごろはよくそう表現しますよね。誰かがおもしろ半分で使いはじめたのだと思いますが、親しみやすい言葉なので広く使われているようです。ですが、「コジプ」は動詞「꼬집다／コジプタ」〈つねる、の意〉の語幹であり、名詞としては使えません。それに対応する韓国の固有語は「자밤／チャバム」〈～つまみ、の意〉です。語感が良いと思いませんか？

陰口を意味する「뒷담화／ティッ談話《タムファ》」は日本語に由来する俗語ですが、いつしか日常的に使われるようになっていて少々戸惑います。「절친하다／切親《チョルチン》ハダ」〈非常に親しい、の意〉は形容詞ですが、語幹の「切親」が名詞のように用いられているのも気になります。「애정하다／愛情《エジョン》ハダ」もそうです。名詞「愛情」には接尾語「하다／ハダ」〈～する、の意〉をつけられないので、語法としては不適切な表現なのです。「나름／ナルム」〈～次第、～なり、の意〉も名詞としてのみ使われるので、「ナルム努力した」ではなく「나름대로／ナルムデロ〈それなりに、の意〉努力した」としなければなりません。

わたしは子どもと接する機会が多いので、文章を書くときだけでなく、言葉を話すときも語法を守るよう心がけています。もちろん、うっかり間違った言葉を使うことも多いです。知らずに間違っていることもあります。なので、会話中に誰かが間違った表現を使っても、心の中では「あ！」と思いますが、そのまま聞き流します。ですが、そういう間違いを、話し言葉ではなく書き言葉で目にすると、つまり文章として活字になったものを目にすると、その先を読み進められなくなってしまいます。そんな自分を古臭いと感じることもあります。

ところが、擬態語や擬音語、つまり様子を表す言葉や音を表す言葉となると、話は別です。まず、わたし自身、そういう言葉が好きです。品詞で言うと副詞ですね。そもそも文章を作るうえで必須の言葉ではありません。スティーブン・キングは著書『誘惑するライティング』[※1]で「地獄への道は副詞で覆い尽くされている」と述べるほど、副詞のないすっきりした文章を勧めています。わたしも一時は副詞を使わないように努力していましたが、あるとき思い切って使いはじめたら、実に気が楽になりました。わたしは副詞が好きです。話し言葉でも書き言葉でも、意味が豊かになるところが好きです。

なかでも擬音語や擬態語が好きです。音や様子を言葉で表すのに、みんなああでもないこうでもないと悩んだのだろうな、と考えるのも楽しいです。猫の鳴き声を「ヤオンヤオン」と書き表すようになる前は、「ミアオン、ミアオ、ニャー、ウアノ」と書く人もきっといたことでしょう。わたしの友人は、自分の飼っている猫（名前はトゥモ）は「イイン　ウウェン　ウィヨン」「ウエン　ウヘエヨン」と鳴くと言っていました。うんと昔は、人それぞれ、さまざまに表現していたはずなのに、どうして「ヤオンヤオン」が定着したのでしょうか？　「허둥지둥／ホドゥンジドゥン」〈そそくさ、あたふた、の意〉はどうして、「보송보송／ポソンポソン」〈さらさら、の意〉はどうして、その様子や状態を表す言葉になったのか考えてみます。その言葉を知らなかったら、あるいはその言葉がなかったら、わたしたちはどんな表現を使っていたでしょうか？

音や様子を言葉にする際、子どもたちはしばしば大胆なアイデアを出してくれます。ｔは犬が歩くときの音を「チョッ　チョッ　チョッ　チョッ」と書きました。傘をさしてきたｍは、外では雨が「ト　ト　ト　ト」と降っていると言いました。詩人のキム・ヒソクさんは一九三三年作の詩「マガモの群れ」※2で、マガモの鳴き声を「パアーッ　パアーッ」、歩く様子を「アグジャッ　ポグジャッ」と表現しました。音が聞こえてきそうな、様子が目に浮かぶような童詩なので、よく子どもたちと一緒に読んで暗唱します。

「소곤소곤／ソゴンソゴン」は、ひそひそと小声で話す音や様子を表す言葉です。クンマル〈意味は変わらないが語感が大きく、暗く、重く感じられる言葉〉は「수군수군／スグンスグン」、話が筒抜けになっている感じがします。センマル〈意味は変わらないが語感が強く感じられる言葉〉は「쑤군쑤군／ッスグンッスグン」、良い話をしているようには感じられませんね。国語辞典で「ソゴンソゴン」の正確な意味を調べているとき、別のおもしろい言葉も発見しました。「소득소득／ソドゥッソドゥッ」は、草や根がかさかさに干からびた様子を、「소락소락／ソラッソラッ」は言動が軽率なさまを意味するそうです。「소로소로／ソロソロ」〈ひそかに、そっと、の意〉は「살금살금／サルグムサルグム」の昔の言葉だそうです。こんなに多様なオノマトペがあるのだから、わたしたちも新たに作ってみてもいいと思います。状況もいろいろ設定でき

そうですね。
トラが伸びをする様子、いろんな色が混じり合った夕暮れの空の色、チヂミの縁がこんがり焼ける音、子どもたちが仲良く遊んでいるときの楽しそうな声。正書法や表記法のことは考えず、見たまま聞こえたままに書くのは、思ったよりも難しく、そしておもしろいものです。子どもたちとときどきやってみるのですが、彼らの書いたものを見ると吹き出してしまいます。

でもみなさん、それでもやっぱり語法は大事です。「담그다《タムグダ》」〈漬けるの意〉の活用形として正しいのは「담궈《タムグォ》」ではなく「담가서《タムガソ》」や「담그니《タムグニ》」です。キムチを「담았다《タマッタ》」とすると、キムチを容器や皿に入れたという意味になります。キムチを漬けた、と言いたいのなら「담갔다《タムガッタ》」としなければなりません。「～든가《ドゥンガ》」と「～던가《ドンガ》」も間違えやすい言葉です。「～ドゥンガ」は選択、「～ドンガ」は回想や疑問に関係する言葉です。「～ドゥンガ」は、「가든가《カドゥンガ》 말든가《マルドゥンガ》」〈行こうが行くまいが、の意〉や「그러든가《クロドゥンガ》」〈そうすれば?、どうぞお好きに、の意〉のように使います。一方「～ドンガ」は、「아《ア》, 얼마나《オルマナ》 즐거웠던가《チュルゴウォットンガ》!」〈ああ、どんなに楽しかったことか! の意〉や「그날《クナル》 그《ク》 사람이《サラミ》 거기《コギ》 갔던가《カットンガ》?」〈その日、その人はそこに行ったんだっけ? の意〉などと使います。もしかして「ソルゴジ」〈洗い物の意〉の綴りを「설거지」か「설

것이」か、いつも迷ってしまいますか？　それなら覚えましょう。わたしは子どもたちに「ソルゴジは『지《ジ》』で終わる！」と言って覚えさせます。あ、わたしったら、またつまらないことを言っていますね。じゃあ、そろそろこのへんで。ソルゴジは지《ジ》で終わるんですよ。

※1　スティーブン・キング著、キム・ジンジュン訳、『誘惑するライティング』、キムヨンサ、二〇一七〈原書『On Writing』、邦訳書『書くことについて』〉

※2　クォン・テウンほか著、キョレ児童文学研究会編、『コオロギとわたしと』、ポリ、一九九九

手話で内緒話をする

イギル・ボラ

手話で内緒話をするのは難しいです。なんの話をしているか丸見えだからです。もちろん、聴者が手話を知っていればの話ですが。ここでまず、「聴者」という言葉について見てみましょう。聴者は「聴」と「者」という漢字を合わせた言葉です。話を聴く人、という意味ですね。この言葉は、音を聞くことのできる人、音声言語を使う人を中心に据えて作られました。けれど、手話は視覚を基盤とする言語です。手話の世界で「聴者」という言葉は、なんだかちょっと不自然に感じられます。

音声言語を使う非障害者中心の社会では、手話を知らない聴者がほとんどです。手話を使う両親や、その両親のもとに生まれ育ったわたしのようなコーダにとって、この社会は実に不便なことだらけです。街なかで手話を使おうものなら、ありとあらゆる視線を浴びせられます。

変なもの、あるいは不思議なものを見る目です。手話を知らない人が手話使用者をいかにジロジロ見るかについての話は、本を一冊書いても足りないくらいなので、とりあえずここでは省略することにします。

ほとんどの人が手話を知らないがゆえに便利なこと、楽なときもあります。どんなときかって？　まさに内緒話をするときです。たとえばこんなふうに。

「お母さん、あの人、ちょっと変だよ」

「いま通っていく人が手に持ってるの、何？」

「あれおいしそう。隣のテーブルの人が注文してるやつ、頼もう」

手話を美しい言語、愛の言語だと言う人もいますが、手話はその他の言語と同じく、ただの言語です。手話という言語には「愛してる」のように良い表現もありますが、悪い言葉もあります。スラングも、方言も、略語も、流行語も、新造語も存在します。手話で下ネタ話もできますし、突拍子もない話もできます。手の動作や動かす速さ、位置だけでなく、表情でも言いたいことを伝えられるのですが、そのため、ろう者の顔の表情は、実に具体的でストレートです。イラついたり、嫌だったり、気分が悪かったりするときは、顔にそう書いてあります。うれしいときは、とびっきり楽しく幸せそうな表情です。なので、内緒話をするときは一層注意が必要です。誰かの悪口や、恥ずかしいこと、秘密にしないといけないことは、ひそひそと話さなくてはなりません。

ひそひそ。人に聞かれないよう小声で静かに話す音や様子を表す「ひそひそ」は、手話でどう表現するのでしょうか？　手の動作や身体を小さくし、身体を少し横に向けて話します。「秘密」という手話があります。一方の手の中で、もう一方の手を動かす動作です。このとき、手を大きく動かしてしまうと秘密っぽい感じがしませんよね。「ひそひそ」という言葉を言うときに、大声で「ひそひそ！」と叫ぶのではなく、口を小さく動かして「ひそひそ」とささやくのと同じです。

「秘密」の手話はこうです。まず、手話を見る人、つまり話を聞く人の前で、左手で壁を作って手の内側が見えないようにします。そして右手の指先で左の手のひらを軽く掻きます。相手には、わたしが右手の指をどう動かしているのか、左手で隠れていて見えません。ここで重要なのは表情と動作です。まるで「ちょっと、あのさ」と声を潜めて言うように、肩をすぼめ、身体を少し横に向け、目を細め、手を小さく動かして話さなくてはなりません。

このように、手話でひそひそ話すには、手や身体の動作を小さくし、顔の表情もできるだけ小さく動かさなければなりません。ほかの人から見えないように。周りにあるものを活用してもいいでしょう。自分の肩や背中で壁を作って、手や指の動きが見えないようにするのも、ひそひそ話すには良い方法です。

音で聞く人ではなく目で見る人が中心になれば、世界はまた違ったふうに繰り広げられます。既存の言葉に疑問を抱くようになり、新たな観点を持つようになります。ひそひそ話す母の肩と、いかにも内緒話を聞いているふうだった父の背中を思い浮かべてみます。手や身体の小さな動きや、顔の表情のわずかな変化といったものは、わたしにとっては立派な言葉になるのです。

小さな声で話しましょう

チェ・テギュ

中学一年のとき、早く声変わりした友人がいました。教室でわいわい騒いでいると、その友人が先生になりすまし、大人の声色を使って「こら！」と叫ぶことがありました。大人の男性の声でしょっちゅう怒鳴られていた中一男子たちはその声にビクッと驚いて、まるで地震でも起きたかのように頭を低くして自分の席へと戻っていきました。声の主が誰なのか確認する間もなく、です。そのいたずらは、ほかの子たちも声変わりして同じような声になるまで繰り返されましたが、日常的に怒鳴る先生たちも実際にいたので、毎回まんまとだまされていました。家でも、大人が大声を出すと反射的に恐怖を感じていました。大人に見つかったら叱られそうなことをしていて怒鳴られたときも、訳もわからず怒鳴られたときも、とにかく大人の怒鳴り声を聞くと胸がドキドキしてどこかに隠れたくなりました。

だからでしょうか？　わたしは声の小さい大人になりたいと思っていました。誰かがわたしの声を聞いて驚いたり怯えたりすることのないように。楽しく歌を歌うとき以外は大声を出さないようにしてきました。そして、獣医という、動物と接する職業についてからは、一層小さな声で話す必要が出てきました。大声に驚いたり怒鳴られたりした経験のある子どもと同じく、人間とともに過ごす動物たちも大きな声に驚きやすいのです。犬や猫のようにわたしたちになじみのある動物の多くは、人間よりも聴覚が鋭く、状況を判断するうえで音に多くを頼っています。生き残るためには、危険な存在が近づいてくる前に音を聞きつけて逃げなければならなかった、家畜になる前の、野生動物だった祖先たちの行動パターンが残っているのです。

ですが、大人が子どもにむやみに怒鳴ってしまうように、人間が大声を出して動物を怯えさせている場面に、日常的によく出くわします。先日、動物保護団体の運営する保護所に立ち寄ったのですが、そこで、びっくりするくらい大きな声を耳にしたのです。たくさんの犬が集まっている場所では、犬たちはちょっとしたことで興奮しやすくなります。犬は、そばにいる仲間の気分に左右されやすい動物でもあります。普段見かけない人間が来たのを見て一匹が吠えはじめると、のんびり昼寝をしていた犬たちもむくっと起き上がり、一緒になって吠えだすのです。なので、保護所で動物の世話をしている人の役割は、犬たちが興奮しすぎて事故が起こらないよう注意をほかに向けさせたり、そっとなだめたりすることでなければなりません。ところが、その保護所のベテラン管理人は、そこにいる犬すべての声よりも大きな声で、静かにしろと叫んだのです。

犬たちが吠えているときに人間も一緒になって叫ぶのは、あまり効果的でないばかりか、望ましいことでもありません。むしろ犬をさらに興奮させることにもなります。人間の怒鳴り声で犬が一瞬静かになったとしても、それは驚きや恐怖のため吠えるのをやめただけであって、吠えてはいけないのだと理解したからではないのです。当の犬にしてみたら、見知らぬ人間の出現を懸命に知らせるという「犬の本分」をまっとうしたのに、なぜか結果が思わしくないようだ、と思うかもしれません。幼いころのわたしが、大声を出す大人が怖くて嫌いだったように、動物の心が人間から離れていくという副作用が生じるかもしれません。

いまは吠えてはいけない、あるいは吠えなくてもいいタイミングなのだと犬に教えてあげたいなら、声をうんと小さくしてささやくように話しかけてみてください。

「誰が来たのかは僕も見て知ってるよ。あの人はここに来てもいい人だから、歓迎してあげるか、自分のことをしていればいいんだよ」

静かに話してあげれば、一度では理解できなくても、自分がこの世で一番好きな人がそっとささやいてくれる「二人だけの」話には、いつしか耳を傾けるようになります。動物は小さな音を聞く力が人間よりはるかに優れていますから。

「動く心」

キム・ウォニョン

ギリシャ神話の中のシーシュポスは、毎日、山頂まで岩を押し上げては、岩が転がり落ちたら再び押し上げる、というのを繰り返します。神を欺いた罪に対して与えられた罰です。この話は、なんの意味も価値もないことに一生を捧げる人生の苦痛や不条理を端的に表していまず。シーシュポス神話に関して哲学者リチャード・テイラーは、一つの仮定を付け加えてみようと提案します。もし神々が、岩を押し上げる行為になんらかの意味や価値があるとシーシュポスに信じさせたらどうなるだろうかと。[※1] そのときからシーシュポスは、まるで薬物でハイになっているかのように、巨大な岩を来る日も来る日も山頂へと押し上げながら、やりがいや楽しさを感じるようになるのです。

薬物の影響で経験する「日常の意味」なんて、わたしはまっぴらごめんです。コーヒーを飲んだときやほろ酔い気分のときは、人生がそれなりに満ち足りていると感じられることもあります。ですが、誰がどう見てもなんの価値も意味もないような「岩転がし」にまでやりがいを感じるとしたら、わたしは何かにだまされているに違いありません。問題は、「岩転がし」までではなくとも、日々を生きるわたしたちの日常に本当になんらかの価値や意味があるのかという問いが心を揺さぶるときがある、ということでしょう。

最近、創作活動を生業とするアーティストたちのあいだで「気候不安」と呼ばれる症状が広がりつつあるといいます。舞台公演をしたり展示会を開いたりすると、たいてい、たくさんのゴミが出ます。たった一回のステージのために手間ひまかけてセットや小物を作っても、公演が終わるとそれら小物や舞台装置は、ごく一部を除いて、再活用するのは難しいです。公演で出たゴミを再活用しようという、いわゆる「公ゴ再」（公演ゴミ再活用）運動に取り組んでいる人もいますが、現状では、新たな使い道が見つかるまで保管するための費用のほうがかさむといいます。また一方で、海外から公演や展示のオファーがあっても、せいぜい数日間の舞台のために飛行機に乗って遠距離を移動するのが望ましいことなのかと悩むアーティストたちもいます。

そのような思いの根底には懐疑心が潜んでいます。ほんの一瞬存在して消え去る舞台を作ることや、特別な使用目的のない、しいて言えば、ある種の美しさのためだけに存在する物を制作し展示することの意味を問い直しているのです。その懐疑心は、地球全体で起こっている地政学的紛争や気候危機に思いを馳せるとき、より一層わたしたちの心を揺さぶります。（いま書いているこの文章を含む）すべての創作活動は、実は、なんらかの薬物で高揚した状態で山頂まで岩を押し上げる行為と大差ないのではないでしょうか。

わたしの「正式な」職業は弁護士です。二〇一三年に弁護士の資格を取得し、ソウル地方弁護士会に登録しました。ソウルの、ある法律事務所に所属しています。大学時代まで、弁護士になるつもりはまったくありませんでした。専攻は就職とは縁遠い学部で、おもに関心を持って勉強していた分野は哲学や文学、社会理論でした。そんなある日、経済的困難から複数の法律紛争に関与していた家族や親戚にとって、あるいは障害者という理由で不当に拒絶されたり差別されたりしている友人たちにとって、自分の学んできたことは無力であるという事実を思い知らされ、大きく挫折したのです。わたしは有用な仕事がしたい、その仕事で金を稼ぎたいと思いました。二〇〇七年に韓国で障害者差別禁止法[※2]が制定されたことで、障害者に対する差別や制度的な不平等を法の領域で公的、効果的に争う手段ができました。わたしは少し興奮しました。自分のやることが、やるべきことがはっきりと見えたのです。ロースクールに入り、立派な成績を収めたわけではないものの無事に学位課程を終え、弁護士試験に合格しました。

弁護士の仕事というのは、実に「有用な」ことのように思えます。法律的助言によってトラブルを防ぎ、社会的資源を持たない人たちに必要な助言をすることもできます。個人的には、代理訴訟や法律諮問の対価として収入を得られます。ですが、すべての弁護士が常に「有用な」仕事をしているのかと問われれば、答えは明確ではありません。例を挙げてみましょう。わたしは弁護士になったあと、公的機関で仕事を始めました。そこでは、精神病院に違法に強制入院させられた患者の支援をしていました。精神病院に入院中の患者が合法的な待遇を受けられるよう大量の報告書を書き、当該事件を審査する人権委員たちを説得して「患者を退院させよ」という勧告を引き出しました。けれど結局、そういう患者を世話し、支えるのは家族の役目であり、そういう支援が得られない患者たちはひと月かふた月もすれば「合法的な」手続きにのっとって再入院していました。メンタルヘルスに関する法律や制度、慣行を改善する仕事は非常に重要です。ですが、その努力が最終的に実を結ぶためには、不当に精神病院に強制入院させられるしかない人たちの日常をそばで世話し、支える誰かの存在が不可欠なのです。

同じようなことを考える機会が最近もありました。先日、特別支援学校の現場で子どもたちを教えている先生たちと話をしました。先生たちはわたしの書いた本を読んだそうで、障害を捉えるより良い観点や、障害者の教育権を保障するのに必要な法律や制度の改善方法などについて知りたいと、わたしを会合に招いてくれたのです。わたし自身も子どものころ、障害のある児童生徒のための特別支援学校で特別支援教育を受けており、また、障害のある児童生徒が教育現場で差別を受けたと提起する事案を担当した経験もあるので、お話しできそうなことはもちろんありました。自分の経験や意見は先生たちにとって多少なりとも必要なものだろうと思っていました。ところが、先生たちの前で知ったようなことを話しながら、少し恥ずかしくなりました。障害のある児童生徒が教育現場で自分に合った教育を受け、障害のない児童生徒の中で疎外されず、自身の障害を客観的に認識し、かつ、それを恥ずべきものでない自分の一部として受け入れられるよう手助けしている人は、ほかでもない、その子どもたちと同じ空間で身をもって接している先生たちだからです。当のわたしはというと、障害のある子どもたちと同じ空間で触れ合う日常とはかけ離れている人間です。

同様にわたしは、病気の猫モモを抱きかかえ、二四時間運営している動物病院へと走ることや、ろう者であるお父さんの言葉を通訳しておじいさんに最期のあいさつを伝えること、落ち込んでいる子どもの「しっとりした」手のひらに自身の手のひらを重ねること、犬の歩く音を「チョッ　チョッ　チョッ　チョッ」と表現する子どもの話に耳を傾けることからも、少し距離を置いています。病気の猫を夜中に治療する動物病院のシステムや、手話が公式言語として認められ通用する文化、子どもたちの差異や固有性を尊重し、必要な学習の機会を提供すること——これらは、効果的な法律や制度が伴っていなければ、作ったり持続させたりするのは非常に困難です。けれど不可能ではないはずです。一方で、動物を抱きかかえて走る人や、その動物を治療する人、手話で話す人とそれを見る人、教室内でさまざまな身体や精神的特徴を持つ子どもたちの成長をそばで手助けする人がいなければ、いくら洗練された、緻密な法律や制度があったとしても、それらを成し遂げることは不可能でしょう。

ここ数年わたしは、ものを書いたりダンスをしたりすることに多くの時間を割いています。やはり収入を得て生計を立てていくのは容易ではないし、障害のある法律家として自分に求められる社会的役割からただ逃げているのではないかと悩むこともときどきあります。ですが、いまの生活から一つはっきりと感じるのは、自分たちが「ゴミ」を生み出していることを意識している仲間たちが、この世界には非常にたくさんいるということです。

ゴミになる舞台なんて、なんの意味があるだろうか。一度きりのダンスのために遠いところまで飛んでいくことに、どんな価値があるだろうか。わたしたちはただ、重い岩を繰り返し押し上げるのと同じくらい無意味なことをするために、山のようなゴミを生み出しているのではないだろうか。そんな疑問が蔓延している理由は、舞台を作り、絵を描き、ダンスをすることが、とりわけ役に立たない行為だからでしょうか？　そうかもしれませんが、わたしは、世の中でもっとも必要なことをしているかのように振る舞う人たちの吐き出す言葉や文書の中からゴミがあふれ出しているのを、しばしば目撃します。彼らの中には、「自分は世の中で非常に有用で、もっとも重要なことをしている」と考えながらも、いざ自分の生み出しているゴミにはまったく無関心な人も少なくない、という事実もよく知っています。

薬物でハイになったシーシュポスは、やりがいを感じながら楽しく岩を押し上げます。ご飯も食べず、用も足さないので、ゴミすら生み出さないように見えます。そんな彼がふと、自分の足の裏から落ちた角質や、岩によって舞い上げられた土ぼこりを意識したとしたら、どうなるでしょうか？　神にだまされていたシーシュポスの心を揺さぶるのが、ほんのひとかけらのゴミだとしたら？

地球レベルの時間の単位で見ると、人間のすべての活動は、ただ若干のゴミを生み出す行為に過ぎません。わたしたち個々人の人生は、岩を繰り返し押し上げること以上に価値あるものとは言えないかもしれません。けれど、わたしたちは自分の生み出しているゴミを意識することのできる存在であり、何より、そのことを「繰り返しの生活」の中でもときどき自覚するということ。立ち止まったり、諦めたり、別の世界に逃避したりすることなく、自分の捨てたものを意識し、疑い、減らそうと努力しながら生活を繰り返していくということ。それゆえ、たとえわたしたちが、毎日岩を押し上げるという罰を受けた身だとしても、より良い存在になる余地はまだあるということ。わたしは、「気候不安」を経験しているアーティストたち、そしてこの本をともに作っているキム・ソヨンさん、イギル・ボラさん、チェ・テギュさんの文章や心から、そういうことを学んでいるところです。

※1　リチャード・テイラーのシーシュポス神話についての議論は、次の文章を参考にしました。スーザン・ウルフ、「愛を理解するということ」、『New Philosopher』（vol.19）、二〇二二、三〇～四五ページ

※2　この法律の正式名称は「障害者差別禁止及び権利救済等に関する法律」です

4部

静かに流れる時間

고요히 흐르는 시간

게으름

怠惰

怠惰と天井の模様

キム・ウォニョン

二〇二一年の誕生日に友人がレイジーグラス（lazy glasses）をプレゼントしてくれました。レンズ部の鏡が光を九〇度屈曲してくれる眼鏡です。これをかけて横になると、おなかや胸の上に立てた本やスマートフォンを楽に見ることができます。「怠惰な眼鏡」と名付けられたゆえんです。怠惰な人は、ベッドや布団に寝転んで過ごす時間が長くなりがちです。重力に逆らうことほど勤勉さが求められる行為もありませんから。床に接する身体の面積を広くするほど体重が分散されるので、楽に感じます。寝返りを打ちながらごろごろするひとときは、考えただけでも幸せですね。そうしてまっすぐ仰向けになると、天井が目に入ってきます。

『天井の模様』の著者イ・ダウルさんは、二〇代初めのある日、原因不明の痛みやうつ症状、消化不良に見舞われました。強靭な体力で学生時代ずっとアクティブに活動していた彼女は、ベッドに横たわり天井の模様を見ながら、変わってしまった自分の身体や生活について悩める日々を過ごすことになります。彼女にとってレイジーグラスは、ごろごろと怠けるためのものではなく「医療道具」だったといいます。※そうやって小さな道具からスタートした彼女は、天井を見ながらベッド上で仕事をし、文章を書き、友人たちと対話し、パーティーを開く、いわば「別の角度の」生活を探索する開拓者になるのです。

平凡な社会生活を送っているように見えて実際にはある理由から長時間ベッドで横になっていなければならない、あるいは、複数の仕事を期限内に処理するため夜遅くまで働くのが難しい、といった人たちは、自分の身体の状態を理解してもらえず、怠けていると非難されることもあります。感染に弱い人や、筋骨格系疾患のある人、先天的な理由で体力が弱く活動に制限のある人はいくらでもいます。法定休暇はおろか病欠を取ることすら気を使う韓国の職場文化の中で、身体の弱い会社員たちは、昼休みを利用してソウルの乙支路《ウルチロ》や江南《カンナム》駅周辺のオフィス街に並ぶ病院に駆け込みます。そこでは、ありとあらゆる名前の点滴が用意されています。各種ビタミンはもちろんのこと、ニンニク注射や白玉注射、シンデレラ注射なるものもあります。さまざまな成分の入ったそれら薬液を血管にじかに注入する理由は、効能のためだけではありません。薬液を点滴で体内に入れるあいだ「ベッド」が提供される、という点が重要なのです。昼休みの一時間に許される小さなベッドを手に入れるため、都会のど真ん中の病院や医院はいつも会社員たちで混み合っています。

平均より免疫力や体力が弱い、慢性疾患や障害がある、などの理由から一日の予定を精力的にこなすのが難しい人たちにとって、ベッドは、怠けるための場所ではなく、生存のためのベースキャンプなのです。もちろん「平均以上」の体力を誇る人たちも、昼休みを利用して病院に駆け込みます。より速く、より多くの仕事をこなすためです。怠けていると言われるのを極度に嫌うわたしたちは、高い金を払って、昼食と引き換えにベッドを手に入れるのです。

自分の身体が、医学的にであれ社会的にであれ、ひとたび「患者」や「障害者」と公認されてしまえば、それ以降はもう、怠けていると言われることはありません。自分の身体の限界や特性を理解してもらえてよかった、ということになるのでしょうか？　身体のことを理解してもらえず怠けていると言われるのは不当なことですが、そう言われる余地すらないという状況も、ある意味不当なのは同じです。もう怠け者呼ばわりされることはありませんが、今度は「君に期待することはない。君はそうやって『しっかり休む』ことが一番大事だ。せっせと健康管理でもやっていればいい」という目で見られるようになるかもしれません。

健康体でない人は自分の身体をケアするのに多くの時間を必要とし、それはどういう形であれ保障されるべきことです。ですが、健康体でない人の身体を真に理解する社会なら、むしろ、だからこそ「怠けるんじゃない」という言葉を「正当に」「適切に」使うかもしれません。寝たきりで生活しなければならない、いまは障害者福祉施設や療養施設に入っている誰かが自分の仕事を自分のペースでこなし、それに対して友人や仲間たちが「Aさん、あなた最近ちょっと怠けてるんじゃない？　仕事してるふりして、毎日ユーチューブばかり見てるんじゃやないの？」と突っ込む社会。Aさんが、納得いかないというように自身の勤勉さをアピールし、互いにぽんぽん言い合う社会。そういう社会ならきっと、すべての人に「怠ける資格」があるはずです。

※　イ・ダウル、『天井の模様』、ホエールブック、二〇二〇、二五ページ

「心の準備」をする

キム・ソヨン

わたしにとって「昔話」は「午後の、部屋の床」を連想させる言葉です。幼いころの記憶によるものです。わたしはカセットテープに録音された昔話を聞くのが大好きでした。二、三人の声優が演じるラジオドラマ形式のものでした。テープの巻数までは覚えていませんが、セットになったものだったと記憶しています。宿題はやり終え、テレビの夕方の番組はまだ始まっておらず、ちょうど一緒に遊ぶ友だちもいない、という日は、その中から一つを選んでカセットデッキにセットします。そして部屋の床に寝転んで、もう何度も聞いた話をまた聞くのです。

ところが、聞くたびに気持ちがモヤモヤする話がありました。「牛になった怠け者」です。怠け者の主人公は「そうやって毎日ごろごろしていたら牛になるよ」と母親に言われても、どこ吹く風で聞き流していました。それればかりか、じっと座って草ばかり食べている牛になりたいと考えます。やがて手に入れた牛のお面をかぶってみると、本当に牛になってしまいました。そして大変な苦労をします。いっそのこと死んでやろうと思い、食べたら死ぬと言われていた大根を食べ、ようやく人間に戻ることができました。

怠けてはいけないという教訓は、幼いわたしにも理解できました。母親の忠告にもかかわらず、みずから牛になろうとしたのだから、苦労しても仕方がないとも思いました。納得できなかったのは、もともと牛に生まれた牛たちのことです。牛たちは、いったいなんの罪があって、ムチを打たれながら過酷な労働に苦しめられなければならないのか。まさかこの世のすべての牛が、もとは愚かな怠け者だったわけじゃないだろうに。あまりに不公平だと思いました。

「ウサギとスッポン」のスッポンのことも実に心配でした。もちろん、肝を奪う目的でウサギをそそのかし竜宮まで連れていったのは良くないことです。でも、竜王の命令だったわけですよね？　スッポンは臣下なので王の命令に従わざるを得ません。わたしは、ずる賢いウサギを憎らしく思いました。そもそもウサギは、タダで竜宮見物をして得してやろうとスッポンについていったのだから、スッポンだけが苦労させられるのはどう考えても理屈に合いません。一番悪いのは竜王です。

そうやって次から次へと考えが浮かんでくるので、カセットテープが最後まで終わったあともしばらくは布団の中でごろごろしているのが常でした。「そうやって毎日ごろごろしていたら牛になるよ」という昔話の台詞が頭に浮かびますが、仕方ありません。何かほかのことをしながらだと、心置きなく「よそ事を考える」のは難しいので。

rは、宿題をしている途中、不思議なことを発見したと言います。学習帳の四角い枠内に「コマ」〈ちびっ子、子どもの意〉という言葉を一文字ずつ書いていて、突然、「コマ」はどうしてコマなんだろう？　マコじゃなく？　という疑問が浮かんだそうです。それで「コマ　コマ　コマ」と何度も声に出しているうちに、ある瞬間、意味は消え去って音だけが残ったのだと。自分の名前でも同じようにやってみたら不思議な気分になったと言います。どうしてぼくはrなんだ？　もしかしたらrじゃなかったかもしれないのか？　そうかもしれない。そうか、名前っていうのは、たまたまそう付けられただけなんだな！　rは八歳、この驚くべき言語学的、哲学的な悟りの瞬間も、宿題をする手を「止めて」いたときに得たものです。誰かの目には、rがただ宿題をサボっているように映ったかもしれませんが。

壁紙や床のシミが、犬や象など、何か意味のある模様に見えることがあります。子どもたちはそういうものから物語を作ったりもしますよね。八歳のnによると、そういうのは「だらけてごろごろしているとき」によく見えるのだそうです。布団の中で、怠け者について考えていたわたしのように、です。何かを始めるのに時間がかかる子どもたちも、怠けているとよく誤解されます。わたしはそういうとき、子どもが「心の準備」をしているのだと考えます。わたし自身がいつも「やりたくないことはやりたくないんだから、始めたくないのは当たり前」だと言い訳している人間だから、そう考えるのかもしれません。

よそ事を考えているように見える瞬間、ごろごろしているように見える瞬間が、子どものもの、目に見えない部分を育てます。そういう瞬間は、たとえば「午後の、部屋の床」という場面として長く記憶に残ることでしょう。ぐずぐずしているように見えるときも、子どもの心は動きつづけています。やりたくないことをやり遂げる経験を積んでいくのです。だから、こう言ってもいいのではないでしょうか？　この世に怠け者の子なんて一人もいない、と。

怠惰な障害者

イギル・ボラ

「怠惰」という言葉にはどうもなじみがありません。なぜだろうと、よくよく考えてみました。もしかしたら家庭環境によるものかもしれません。母と父には、怠惰という言葉が似合いません。「働き者」や「勤勉」という言葉のほうが似合います。「怠惰な」という言葉に「お母さん」「お父さん」をくっつけてみます。思い浮かぶイメージが一つもありません。

あえて比較するなら、父より母のほうがのんびりした性格です。父はときどき、身体をやや後ろに反らし、上下に並べた両手の拳を左の腰あたりから右胸へと引き上げる動作をしたあと、母を指します。「怠惰だ」という手話です。でも、わたしからすると、母はちっとも怠惰なんかではありません。あくまでも父の基準からすると、ということです。

唇の代わりに顔の表情や手で話すろう者である父は、「怠惰」とはまったく無縁の人間です。わたしは父が休んでいる姿を一度も見たことがありません。たとえば、週末に朝寝坊して部屋のドアを開けると父が寝転んでテレビを見ていたとか、わたしより遅く起きた父が目をこすりながら部屋から出てくるとか、出かける間際になってぐずぐずしているとか、そういう姿は見たことがありません。大工の仕事をするときも、プルパンやワッフルを売る露天商をするときも、ネックレスや指輪などのアクセサリーを仕入れて売る仕事をするときも、自分で描いた絵を売るときも、父は誰よりも早く家を出て、誰よりも遅く帰ってきました。まるで、ちょっとでも休んだら何か大変なことでも起こるかのように。一年のうち父が休む日はきっかり二日だけでした。旧暦の正月と盆です。

そんな父を見ていて考えました。どうして父は休めないのだろう。実際、父はワーカホリック、仕事中毒の人間です。そんな父のことを母は「仕事の虫」「働きバチ」みたいだと言います。予期せず仕事が休みになった日は、じっと座っているなんてことはなく、せっせと物を片付けたり倉庫の整理をしたりします。父のことを、生まれつき真面目で勤勉な人、という言葉で説明することもできますが、もしかしたら父は生まれつき、怠けることのできない人なのではないでしょうか？

「怠惰」という言葉に、世間が父に与える呼称「聴覚障害者」をくっつけてみます。

怠惰な聴覚障害者
怠惰な障害者

するとこういうイメージが浮かびます。非障害者が障害者に対して悪態をついたり非難したりするときの決まり文句「じーっと寝転んで働きもせず税金を食いつぶす、役立たずの障害者」というイメージが。でも、わたしが見てきた父の人生には「怠惰」など存在しませんでした。いえ、もしかしたら父の人生には「怠惰」という言葉が許されなかったのかもしれません。

たまに想像してみます。「怠惰なお父さん」、「怠惰なろう者」、「怠惰な障害者」。「怠惰だ」という言葉で父の人生のある瞬間を形容できるようになったとしたら、父の生活はいまとどう変わるでしょうか？　「怠惰な障害者」や「怠惰なろう者」を受け入れられる社会とはどういう社会なのか、問い、想像してみます。

その形容はわたしの生活にも必要なものです。「ろう者である親を持つ怠惰な子ども」、「ろう者である怠惰な親を持つ怠惰なコーダ」。想像しにくいですが、なかなかいいと思います。なんだか役に立ちそうにないし、何かと悪口を言われそうな存在ですが、そんな存在もともに生きていける社会なら、きっといまよりも良い社会だと思います。ろう者である怠惰な親と怠惰なコーダが生きていく姿を夢見ます。父に似て「働きバチ」のわたしも日々を懸命に生きていますが、時には思いきり怠けてみたいです。能力や実力で障害を克服したいとは思いません。父も同じ考えならうれしいです。誰よりも怠惰な障害者と、誰よりも怠惰なその子どもになりたいです。

怠惰ではなく退屈

チェ・テギュ

子どものころ、おなかいっぱい食べて寝転んでいるのが好きだったわたしは、大人たちによく「ご飯を食べて寝転んだら牛になる」と言われました。牛になるという話は信じていませんでしたが、ご飯を食べて寝転んでいた少年が牛のお面をつけたら本当に牛になったという昔話のように、牛になるのも悪くないと思っていました。動物が好きなので、人間ではないほかの動物になりたいと常々思っていたのです。

牛は本当に怠け者なのでしょうか？　牛は実際に、寝転んでいる時間が長い動物です。ある研究によると、夏には、二四時間のうち一二時間は横になっているそうです。それは怠けているからではなく、消化に時間のかかる草を食べるからです。草を栄養に変えるのに時間をかけているのです。心身ともにリラックスした状態でこそ、副交感神経が活性化され、消化が促進されます。じっと横になって、食べた草を反芻《すう》する静かな時間は、牛が生きていくのに重要な時間なのです。消化時間が牛より短い人間も、緊張を解いてリラックスした状態でごろごろしているときに、より消化が進むというのは同じです。だからわたしはいまでも、ご飯を食べたあとはよく寝転びます。わずかな時間でも、できるだけ安らかな状態で過ごしたいのです。

「犬に生まれるのが最高の運命」という言葉があるように、あくせく生きるわたしたち人間は、のんきに生きているように見える動物をうらやましがったりもします。ですが、もし自分が怠け者扱いされていると知ったら、動物たちはちょっと悔しがるかもしれません。わたしがそう思う理由は二つあります。一つは、先ほども述べたように、消費エネルギーを節約し消化を促進するために横になっているのは生存に必要な時間である、という点です。もう一つは、人間とともに暮らすようになったことで忙しく過ごす必要がなくなった、という動物たちの事情です。彼らは、野生では、食べるものを探したり捕まえたりするために、あるいはパートナーを見つけるために神経をとがらせ、自分だけの世界で熾烈に一日一日を生きています。いつ誰に食われるかわからないので、常に緊張しています。生き残るための条件を充足させるそういう瞬間に、動物はもっとも興奮し、刺激的な感情を味わうのです。

けれど、犬や猫、牛、豚などの家畜や、動物園や実験室に閉じ込められている動物たちは、人間の提供する生存の条件、つまりエサと限られた空間以外には、望めるものがありません。生存のためにみずから努力できる機会がない、ということです。遺伝子は忙しく生きるよう設計されているのに、その機会を奪われ、やることもなく生きなければならない動物たち、彼らはわたしのようにごろごろする時間を好むのでしょうか？

動物福祉学者たちの研究した結果は「否」でした。日常で必要なさまざまな刺激を奪われて檻に閉じ込められ、時間を持て余している動物の状態は「怠惰」ではなく「退屈」です。「退屈」は動物にとって慢性的なストレスとなり、同じところをぐるぐる回る異常な反復行動として現れたり、周囲の刺激に反応しない無気力な状態を生んだりもします。人間によって強要された「怠惰」は、動物にとって「最高の運命」などではなく、重苦しい日常になるのです。

わたしは怠け者なのでいつも時間に追われていて、追われるほどにますます、だらだらする時間を夢見ながら生きています。わたしたちのそばで暮らす動物たちは怠け者ではないので、忙しく過ごすことを夢見ながら生きています。すべての動物は、心身ともに忙しい時間とのんびりした時間の両方を必要とします。動物と一緒に暮らしているなら、心身ともに忙しくする時間を与えてみてください。生き生きと目を輝かせる姿を見ることができますよ。

怠惰

チェ・テギュ

기다림

待つこと

あてもなく待つこと

キム・ウォニョン

障害のある人は公共交通機関を利用するのが困難なことが多いです。特にタクシーをつかまえるのは本当に大変です。一人では、いくらつかまえようとしてもなかなか止まってくれません。ほかに利用できる交通手段がいま以上になかったころはやむを得ずタクシーを利用することもありましたが、そういうときは、わたしは見えないところに隠れて待ち、（障害のない）友人が一人でタクシーをつかまえてくれました。「運転手さん、○○駅まで行ってくれますか?」「ええ、どうぞ乗ってください」というやり取りのあと、わたしが「じゃーん!」と登場するのです。根っからの悪人でない限り、車椅子を目にしたからと急に態度を変えるなんて普通はできないからです（とはいえ、悪い人がいないわけではありませんでした。車椅子を見るなり「ああ、それは積めないから」と言ってピューッと走り去る人たち）。もちろん昔もいまも、快くタクシーを止め、車椅子の積み込みまでしてくれる運転手さんのほうが多いです。

ソウル市は二〇〇二年末から、車椅子に乗ったままで乗車できる車両を、専用のコールタクシーとして運行しはじめました。この「ソウル市障害者コールタクシー」は、まずは一〇〇台からスタートしました。ソウル市全域をカバーし、料金は地下鉄の運賃の最高額を超えないように設定されていたので、ソウルの端から端まで移動しても当時の金額で二〇〇〇ウォン以下でした。バスにも地下鉄にも簡単には乗れなかった当時、多くの障害者がコールタクシーの利用を望み、当然、乗車するには相当長い時間待たなければなりませんでした。一〇〇台の車両を時間帯で分けて運行していたので、実際に利用できるのはその三分の一ほどの台数だったのです。

二〇年余りの時が流れ、障害者コールタクシーはいまや法律に根拠を置き、全国の地方自治体が運行する特別交通手段として定着しました。地下鉄のない小都市や田舎では本当に貴重な交通手段です。昔は黄色い車体に大きな文字で「障害者保護車両です」と書かれていましたが（デートのあと、この車に乗って恋人に別れのあいさつをするのは特に恥ずかしかったです。収容所に連れていかれるような気分というか）、いまはデザインも多様化しました。二〇二二年現在、ソウル市だけで計六〇〇台が運行されています。

ですが、障害者コールタクシーを利用するのは最後の手段に近いです。依然として長時間待たねばならないことが多いからです。昔のように何時間も待つようなことは確かに減りました。完璧ではないものの地下鉄やバスに乗るのが便利になり、コールタクシーの車両数も増えたからです。ただ、いまもまだ、供給より需要のほうがはるかに多い状態です。障害者人口が急激に増えたせいではありません。いまこの都市で働き、映画を観、勉強している障害者たちは、二〇年前にはなんの機会も与えられないまま家や福祉施設にいたからです。この都市の総人口に占める障害者の割合に大きな変動はありませんが、ようやく社会に出て「生きる」人たちが増えたということです。

待ち時間そのものよりも、いつ来るかわからない、という点が問題なのです。たとえば、タクシーの到着までざっと三時間かかる、という場合でも、ある程度予測が可能なら計画を立てることができます。退勤後、家でとるつもりだった夕食をどこか適当な店で食べながら待つ、といったように。けれど、障害者コールタクシーの摩訶不思議なところは、本当に楽しい酒の席にいるときに呼ぶと二〇分で到着し、ヘトヘトに疲れている日に呼ぶと三時間後に来る、という点です。いつ来るかわからない対象を待つあいだ身動きの取れない状態。簡単に諦めることも断念することもできない状況で「待つ」こと。言うなれば、わたしたちは障害者コールタクシーを「あてもなく」待つのです。

誰にとっても日常は待つことの連続です。退勤時間を、バスを、休暇を待ち、誕生日や愛、告白を待ちます。待つことはわたしたちの日常から切り離せないものなので、賢く待つ方法を学ばなければなりません。早々と布団に入って早く明日が来るようにするとか、待っているあいだ本を読んだり、英単語を覚えたり、友人に電話をかけたりして時間を無駄にしないよう工夫する、といったように。ですが、「あてもなく」何かを待たなければならないときは、賢く待つ方法など存在しないように思えます。いつ来るかわからないので、別の何かを始めることも、安心して眠ることも、現在に集中することもできないわけですから。

あてもなく待つ時間を上手に過ごす方法が一つだけあるとしたら、それは誰かと一緒に待つことだと思います。いつ来るかわからない何かをあてもなく待っている人にとって「来るまでわたしが一緒にいましょうか？」という言葉ほどうれしく、励まされるものがあるでしょうか。サミュエル・ベケットの戯曲『ゴドーを待ちながら』のステージが醸し出すあの不条理な雰囲気に観客が耐えることができるのは、ゴドーを待っている主人公が一人ではないからかもしれません。

ある初夏の夕方、いつ来るかわからないタクシーを待っていたとき、偶然通りかかった知人が声をかけてきました。お久しぶりですね。ここで何してるんですか？　誰かを待ってるんですか？　障害者コールタクシーを待ってるんです。ああ、障コール。あれ、だいぶ待たないといけないらしいですね。わたしたちは互いに近況を尋ね、会話を交わします。そして彼がこう言います。

「タクシーが来るまで、わたしが一緒にいましょうか？」

わたしたちは二〇分ばかり、そこで待ちながら話をします。タクシーは来ず、来る気配もありません。けれど、もう待つのもさほど苦ではなくなりました。

「タクシー、もうすぐ来るそうです。もう大丈夫です。ありがとうございました！」

彼を見送ってからさらに三〇分ほど待ちましたが、嫌ではありませんでした。暑くも寒くもない夕暮れ時でした。

待つ子ども

キム・ソヨン

わたしはどうも待つのが苦手です。せっかちな性格だからというより、堪《こら》え性がないというほうが合っているでしょう。食堂の前で並んで待つ、ということができません。料理がなかなか出てこないときも、注文に何か手違いでもあったのかとソワソワします。特に、一緒に行った人たちと同時に注文したのに自分の料理が最後まで出てこないときなど、気が気ではありません。友人たちにいつもからかわれます。直したいのですが、なかなか直りません。

何かがうまくできたときや自慢したいことがあるとき、わたしはそばにいる人に褒めるよう要求します。

「先生、素敵でしょ？　早くそう言ってちょうだい」

「わたし、今日のイベント、うまくできましたよね？　なのにどうして、よくやったって言ってくれないんですか？」

「わたしの靴どう？　いいでしょ？　なんですぐ言ってくれないの？」

相手が笑ったり、困った顔をしたり、形式的に褒めたりするころになってようやく、「ああ、無理強いしちゃったかな」と後悔します。面目ないです。

待てない性分は子どものころからです。九歳のころ、大好きな水木テレビドラマがあったのですが、木曜日の放映が終わるころになると絶望に打ちひしがれるほどでした。次の水曜日までなんて待てない！　良いアイデアを思いついたこともあります。本放送ではなく、週末の再放送を観るのです。そうしたら次の水曜日まで待たないといけない日数が少なくて済むからです。もちろん、その理屈が通用するのは最初の一回だけだということに、すぐ気がつきましたが。世の中には待つよりほかないこともある、その事実を受け入れるのは、幼いわたしには人生の重荷を背負うことのように思えました。先ほども述べたように、それはいまも変わりません。

なので、子どもたちが何かを待てずにじりじりしている様子を見ると、正直、親しみを覚えます。八歳のnはエレベーターを待つことができません。読書教室のある六階まで、はーはー言いながら階段を上ってくることが多いです。「一階で見たら、エレベーターがもう六階まで行ってたんだよ。だから歩いてくるほうが早いでしょ」というnの説明は微妙ですが、言わんとすることはわかります。nは檀君《タングン》神話〈天神の子、桓雄《ファンウン》が太白山《テベクサン》に降臨した際、虎と熊が人間に化すことを願っていた。桓雄は虎と熊に、ヨモギとニンニクを食べて百日間、ほら穴にこもっていれば人間になれる、と告げた。言われたとおりにすると熊が女となり、桓雄と結婚。二人のあいだに生まれた檀君が古朝鮮を建国した、という神話〉についてもおもしろいことを言っていました。

「ぼくは、ヨモギとニンニクはなんとかなると思うんだ。ヨモギは食べなかったらいいんだし、ニンニクは焼いたら食べられるから。でも百日は耐えられない。百日なんて無理だよ。熊はそうやってちゃんと耐えたから、人間になるだけの資格があると思うんだ」

ともに一一歳の仲良しコンビsとhは、手を洗う順番が待てず、いつも大騒ぎです。わたしは確かに「一人ずつ入って手を洗いなさい」と言ったのに、我先にと押し合うようにトイレに入っていきます。どちらかが先に水道を占領すると、もう一人はその後ろにぴったりくっついています。先に手を洗った子が出てきてわたしと話をしていると、後の子はハンカチで手を拭きもせず水をポタポタ垂らしながら、追いかけるように出てきます。どちらが先に話すかを決めるのも重要なことです。わたしはときどき考えます。この世にもし「じゃんけん」がなかったら自分は読書教室を運営できただろうか？

社会経験が少なく、どうしても自分中心に考えがちな子どもにとって、待つというのは本当に大変なことです。そんな子どもたちが、大人を待ってくれることもあります。

あるときuが、学校の畑でさつまいも掘りをしたときの話を詳しく聞かせてくれました。わたしも同じような経験があるので、uに続いて話を始めました。ところが、わたしが話している途中、uは何度か、何か言いたげな顔で唇をかすかに動かすのです。普段は、子どもが何か言いたそうにしていたら、話すのを中断して聞いてあげます。自分が先生だからといって常に話の主導権を握るわけにいきませんから。

でも、uは普段から人の話に割り込むことが多いので、その日は「今日は人の話を聞く練習もさせないと。これは対話だから」と考えて、気づかないふりをしました。じゃがいも掘りがどうのこうの、だから昔の人たちはどうのこうの……。わたしの長い話が終わるや否や、uはなんと言ったと思いますか？

「あの、もう話をしてもいいですか？　ちょっとトイレに行ってきます」

さっきからトイレに行きたかったのに、初めは自分の話を最後までしたくて、その次はわたしの話を遮ることができなくて、待っていたのです。わたしの話を聞いているあいだずっとおしっこのことを考えていたというのがおかしくもあり、その切羽詰まった状態を我慢してくれたのがありがたくもありました。

わたしが子どもたちの気づかないところで彼らを待ってあげているように、子どもたちがわたしの気づかないところでわたしを待ってくれていることも多いのでしょう。身近にいる子どもたちのことを思い浮かべてみてください。大人たちの忙しい仕事が終わるのを、この前の約束を守ってくれるのを、自分に目を向け耳を傾けてくれるのを、言葉ではうまく伝えられない気持ちをわかってくれるのを、待ってはいませんか？　今度はどちらが待つ番でしょうか？　わからなくなったなら、じゃんけんで決めるのも一つの方法ですよ。

聞こえない中で待つこと

イギル・ボラ

わたしはおねしょをする子どもでした。専門用語では「夜尿症」と言います。なんと中学に入るまで布団におねしょをしていました。そんなわたしをみんなは本気で心配していました。

「その歳で、まだおねしょしてるの？」

「賢い子なのに、どこか問題でもあるんじゃないのか？」

「ボラ、気合を入れて、しっかりがんばってみなさい」

そういう言葉はあまり役に立ちませんでした。おねしょをするのは、理性とはまったく関係のないことなのです。

寝ているときにおしっこをしてしまうのは本当に困ったことでした。夢を見ている途中、ふと濡れている感じがしてびっくりして飛び起きると、下着はもちろんのこと、パジャマから布団までぐっしょりでした。それらすべてを洗うのは簡単なことではありません。下着やパジャマは洗濯機に放り込めばいいですが、布団は毎日洗うわけにいきませんから。結局母は、わたし専用の布団を指定しました。きれいな布団や大事な布団は絶対に使わせてくれませんでした。ボラ専用の布団にはいつもおしっこ臭さが若干残っていました。かぶるとほのかに臭いましたが、仕方ありません。次の朝には間違いなく、またおねしょをしているはずなので。母は寝る前にわたしにこう言いました。

「夢の中では絶対にトイレに行っちゃダメ」

わたしはうなずきながら心の中で繰り返します。

トイレに行っちゃダメ、ダメ、ダメ。絶対ダメ。

トイレのことを考えすぎていたせいか、夢の中では毎日トイレに行っていました。そしてまたもや、おねしょをしてしまうのです。

寝る前の母の仕事は、わたしをトイレに連れていくことでした。ボラを洋式便器に座らせます。そして、身体の中にある水を全部出してしまいなさい、と言います。つまり、おしっこをしなさいということです。わたしは、幼いころから水を本当にたくさん飲む子どもでした。そのためトイレにもしょっちゅう行っていました。ところが不思議なことに、母に座らされるとおしっこがなかなか出てきません。気持ちばかりが焦ります。母は再び言います。

「おしっこをしなさい」

なかなか出てきてくれません。ボラが首を左右に振ると、母はわたしの顔を見て、大きく広げた右手の親指と人差し指を軽く丸めて「C」の字を作ります。中指と薬指、小指は自然と「W」の形になります。「W.C.」、英語で「Water Closet」。韓国語にすると「水のある小さな部屋」という意味で、水洗便器に水が溜まっている様子からきた言葉です。トイレですね。母はその手をわたしに見せました。でもうまくいきません。もう一度首を左右に振ると、母はわたしのそばにしゃがんで、こう言うのです。

「シィー　シィー　シィーーーー」

丸くすぼめた唇から出てくる音がわたしの耳に届きます。わたしの脳はその音を水の流れる音、おしっこをする音として認識しました。一向に出る気配のなかったおしっこが出はじめます。条件反射によるものでしょう。

「チョロチョロチョロ、シィー」

「シィー」という音、空気が舌と歯の隙間を通るときの摩擦音を聞くとおしっこが出るということを、音の聞こえない母はどうやって知ったのでしょうか？　自分には聞くことのできないその音が、聴覚を通して条件反射を引き起こすということを。

大人になったいまも、洋式便器に座って用を足すときはときどき音を出します。

「シィイ、シィイ、シィー」

すると、母がそばにしゃがんでいるような気がします。不思議なことに、すぐにおしっこが出てきます。母は科学者だったのでしょうか？　おしっこをしながら母のことを考えます。音を聞くことのできる娘の感覚を想像しながら、繰り返し「シィー」という音を出していた、排尿が始まるのをひたすら待っていた母のことを考えます。それはどんな気持ちだったのでしょうか。

来る日も来る日も待つ

チェ・テギュ

犬にかける言葉のうち、何が一番多いか考えてみたことはありますか？　犬の名前を除けば、「ダメ、お座り、待て」あたりではないでしょうか。ある意味、子どもにかける言葉にも似ています。複雑な人間社会で生きていくためには、本能で理解できないことは学習しなければなりませんが、「待て」という言葉は、わたし自身もちゃんと理解できないことがたまにあるので、やはり一番難しい注文なのではないかと思います。

ボクはいま遊びたいんだけど？　ボクはいま食べたいんだけど、待てって？　さあ、もう待ったからいいでしょ？　もっと待てって？　もっと？　もういいでしょ？　え、もっと？

「待て」という人間の一言で、犬には長い時間が生まれます。待つ練習をするときは、初めから長く待たせすぎるとうまくいきません。最初は、犬が覚えやすいように適当な手の動きや目の表情とともに「待て」と優しく言って、一秒でも待てたらおいしいものを与えます。「待て」が犬の嫌いな言葉になってはいけないので、簡潔に発音しながらも、高圧的あるいは神経質な感じにならないよう注意します。待つという行為は犬にとっても難しいものなので、せめて音の響きだけでも楽しげな言葉にしたいものです。

人間の場合と違い、犬には、待たなければならない理由を説明するのはほぼ不可能です。なので、待つ練習が一つの遊びになるようにすると、犬の学習もスムーズに進みます。最初は待つ時間を一秒とし、二秒、三秒、三〇秒と順に延ばしていけば、やがては五分、一時間でも待てるようになります。もちろん、犬の身になって考えれば、訳もわからないまま「待て」の終わる瞬間を一時間も待たせるようなことはしないほうがいいです。そうやって待つ練習をしながら遊んでいれば、いつか本当に待つ必要が生じたとき、犬と人間の双方があまりストレスを感じないで済みます。どんな訓練であれ、成功するか否かは、ひとえに人間の「待つ力」にかかっています。人間がいかに落ち着いて犬を待ってあげられるかが、「待て」の訓練の要《かなめ》です。「犬の時間」を待ってあげられる人は、訓練が上手な人、犬と仲良く過ごせる人なのです。

たまに動物園に行く、という人がいると思います。テレビでは野生動物たちの駆け回る姿を見ることができますが、動物園にいる動物たちはたいてい力なく地面に伸びています。それで、動物の動いている姿を見ようと「タヌキさーん、ハゲワシさーん」と呼びかけたり、無意識にガラスを叩いたりもします。「叩かないでください」という紙をあちこちに貼っておいても効果はありません。

ところで、どうして動物園の動物たちはじっと寝転んでばかりいるのでしょうか？　テレビの野生動物たちのように元気よく駆け回ったり飛び回ったりしている姿は、いつ見られるのでしょうか？　ずばり、食事の時間です。動物たちが首を長くして待っている時間ですね。動物園では動物の食事の時間は一日に一回か二回で、来園客のいない朝の時間帯に掃除をしてご飯を与えるという日課が慣例となっているため、昼間は、動物たちの生き生きとした姿を見るのが難しいのです。何かを食べている姿が、見物するには一番楽しいのですが。野生での生活とは違い、動物園では食事の時間が決まっているので、おなかが空いたからと食べ物を探し歩いたり、地面を掘ったり、木に登ったりすることはありません。

動物園で暮らす動物たちは、ご飯の出てくる時間と、ご飯をくれる人の入ってくるドアを正確に把握しています。自分はそのドアを開けることはできない、ということもよくわかっています。でも、ドアの開く時間が近づいてくると身体の中から何かが湧き上がってきて、じっとしていられなくなります。ドアの前をせわしなく行ったり来たりし、頑丈な鉄門を、痛くもないのか前足でガリガリ引っ掻いたりもします。待たねばならないとわかっていても待つのは難しいし、待たねばならない理由を教えてくれる人もいないとなると、なおさらつらいものです。

待ちわびていた瞬間は、興奮の瞬間でもあり安堵の瞬間でもあります。わが家の猫モモが日々朝から心待ちにしていた瞬間は、一日が終わってわたしが机から離れ、ベッドに横たわる時間でした。わたしがベッドに寝転んで軽く手を持ち上げると、その手に全身をこすりつけながらぐるぐる回り、やがてわたしの脇腹に背中をぴったりくっつけて横になります。するとわたしの手は自然とモモのおなかや胸に触れるので、そのあたりをゆっくりと撫でてやります。そのまま眠りに落ちるのではなく、また起き上がってゴロゴロと喉を鳴らしながら全身をこすりつけては横になる、というのを繰り返します。そうやって一〇分ほど「充電」すると、もういい、と言って自分の好きな寝床へと走っていき、眠りにつきます。モモは一日じゅうその時間を待っていたようでもあり、また、一〇年以上同じ日常を繰り返していたので、寝る前の「人間充電」の時間がいつやってくるか完全に把握していたようでもありました。一日に一度の「人間充電」の時間を待つあいだ、モモが、今か今かと待ちくたびれていなかったことを願います。楽しい一日の中で、ひときわ楽しい時間であったことを願います。

待つこと

チェ・テギュ

서늘함

ひんやり

ひんやりした空

キム・ウォニョン

四角い平屋根の上が屋上になった、当時どこにでもあった田舎の住宅で暮らしていたときのことです。広々とした屋上が気に入って、一一歳のころ、わたしはよく屋上に上がって遊んでいました。特に、屋上に寝転んで空を見上げるのが好きでした。このとき重要なのは、寝転ぶ位置をよく吟味して、視野に空だけが入るようにすることでした。背の高い木の枝も、遠くの山の尾根も目に入らないように、です。一八〇度近くある視野の中に屋上の欄干はどうしても入りやすいので、特に注意しなければなりません。最適な位置を見つけたら、まっすぐに寝転びます。空に向かって視野を開放すると、一面青い世界が広がります。

屋上に寝転んで空と向き合うその時間が真夏の夜なら、昼間に熱せられた屋上の表面の熱が背中に伝わってき、羽虫や蚊が手足をくすぐり、近所の人たちが縁台でスイカを食べている音が聞こえてきます。満天の星空を見ていると胸がどきどきしますが、怖くはありません。ですが、秋の夜は状況がまったく違います。

視野が空で埋め尽くされるのは同じですが、夜の空気はひんやりしています。背中が触れている屋上の表面には夏のようなぬくもりはありません。小さな虫たちが肌をくすぐることもありません。辺りは静かです。空は澄み、星が降り注ぐなか、わたしは無限の空間へと吸い込まれていきます。すぐさま起き上がって、下にいる母や父、祖母や姉のところへ下りていきたいのですが、なぜか身体を動かすことができません。数千年から数億年を光の速さで進んでいっても何も存在しないであろう、その果てしない深さの「海」の上に完全に漂流した状態で、わたしは冷えた身体をぶるぶる震わせながら泣きだしてしまいそうです。

過去の偉大な哲学者たちも星の輝く夜を恐れたと言います。フランスの哲学者ブレーズ・パスカルは「この無限の空間の果てしない沈黙は、わたしを恐怖に怯えさせる」と告白しました。イギリスの小説家ジョセフ・コンラッドの小説の主人公は「露に濡れた、星の輝く澄みきった夜は……われわれの厳然たる孤独をもっとも明白に証明する証拠であり、きらきら輝けど霊魂など見当たらぬこの宇宙で地球の絶望的なみすぼらしさをもっとも明白に証明する証拠」であると述べています。哲学者チェ・ソンホは、この永遠なる無限の空間の前に立ったわ

れわれの状況を「人間の宇宙的なみすぼらしさ」と表現しました。※1
そんなふうに絶望的にみすぼらしくひんやりした空間の中で心臓が破裂しそうなとき、小さな音が耳に入ってきます。草の虫の声や、隣の家の犬がキュンキュン鳴いている声、遠く自動車が通っていく音が。村上春樹のショートショートには、ある日夜中に目が覚めて、自分がいまどこにいるのかもわからない状況で聞こえてきた遠い汽笛の音に関する有名な描写があります。

あたりは真っ暗で、なにも見えない。物音ひとつ聞こえない。（……）時計はとまってしまったのかもしれないな。そして僕は突然、自分が知っている誰からも、自分が知っているどこの場所からも、信じられないくらい遠く隔てられ、引き離されているんだと感じる。（……）それはまるで厚い鉄の箱に詰められて、深い海の底に沈められたような気持なんだよ。（……）でもそのときずっと遠くで汽笛の音が聞こえる。それはほんとうにほんとうに遠い汽笛なんだ。いったいどこに鉄道の線路なんかがあるのか、僕にもわからない。それくらい遠くなんだ。聞こえたか聞こえないかというくらいの音だ。でもそれが汽車の汽笛であることは僕にはわかる。聞違いない。僕は暗闇の中でじっと耳を澄ます。そしてもう一度、その汽笛を耳にする。それから僕の心臓は痛むことをやめる。時計の針は動き始める。鉄の箱は海面へ向けてゆっくり浮かび上がっていく。それはみんなその小さな汽笛のせいなんだね。聞こえるか聞こえないか、それくらい微かな汽笛のせいなんだ。※2

草の虫のかすかな声が、宇宙空間をふわふわと漂っているこのみすぼらしい存在の足元に届きます。その声はわたしの足の指を包み、愛する人たちの暮らす地球の表面とわたしとを徐々に結びつけてくれます。不思議なことにそのときから、背中に密着している屋上の表面が感じられるようになります。身体を引き寄せる力が、わずかにでこぼこした表面の感触が。そして下から母の声が聞こえてきます。

「ウォニョン、そろそろ下りてくる？　お父さんが上がっていったよ」

※1　チェ・ソンホ、『人間の宇宙的なみすぼらしさと生の不条理について』、フィロソフィック、二〇一九、一八〜一九ページ

※2　村上春樹著、キム・チュンミ訳、『夜のくもざる』、文学思想社、二〇〇八、一七六ページ〈原書『村上朝日堂超短篇小説　夜のくもざる』〉

三六五個の季節

キム・ソヨン

子どもたちに、一年三六五日のうち一番好きな日を選ぶように言うと、たいてい自分の誕生日を挙げます。一年一二カ月のうち一番好きな月を選ぶように言っても、だいたい同じです。自分の誕生月が一番好きだと答えます。わたしもそうでしたし、実を言うと、いまもそうです。ところが、好きな季節を選ぶとなると話が違ってきます。身体で感じる感覚が人によって異なるからでしょう。外で遊べる時間が長くて水遊びもできる夏が最高だと言う子もいれば、外がしんしんと冷え込む日に布団にすっぽり包まれている感じが好きだからと冬を心待ちにする子もいます。

夏や冬を選ぶ子たちはその季節の良い点を真っ先に挙げますが、不思議なことに、春や秋を選ぶ子たちは「暑くもなく寒くもない」という点を理由に挙げることが多いです。ことさら春や秋を待ちわびるというより、夏や冬を敬遠しているような感じがします。なかには、春でも秋でもどっちでもいい、と言う子までいます。

「でも、無理やりでもいいから選んでみて。春か秋だと、どっちのほうが好き？」

わたしはしつこく食い下がります。あっちでもいいし、こっちでもいい、というものを「無理やり」にでも選ぶとなると、じっくり考えてみることになります。それが良いのです。子どもたちはたいてい面倒がりますが。そうやって無理やり考えていたcが、ふと言いました。

「春と秋が違うっていうのがおかしいよ。何度なら何度って、同じでしょ」

何度なら何度、というのは、お祭しのとおり、春も秋も気温が同じだという意味です。

わたしも子どものころ、その点について考えてみたことがあります。暑い時期と寒い時期に挟まれているという点では同じなのに、春と秋はどうして違う感じがするんだろう？　わたしは春が一番好きでしたが、春の問題は、いつやってくるのか、そして、いつの間に来ていたのかわからない、ということでした。始まりが冬と混ざっているからです。寒々とした日陰を避け、日の差しているところを歩いたものです。でも秋は違いました。学校に行く途中、ちょっとひんやりした空気を感じ、「わあ、昨日学校から帰ってくるときは確かに暑かったのに」と驚いたのを思い出します。もちろん秋でも真昼は、夏と変わらない強い日差しが照りつけます。太陽を避け、涼しい日陰を歩いていました。一方では、嫌いな冬が近づいてくるのを心配しながら。

そんなある秋のこと、担任の先生がこんなことをおっしゃいました。

「みなさん、これからだんだん寒くなっていきます。秋のうちに日の光をたくさん浴びておいてください。そうすると冬を健康に過ごせますから」

科学的にはどれほど根拠のある話なのかわかりませんが、それを聞いて以来、わたしにとって秋は「日の光を蓄える季節」として定着しました。迫りくる冬がそれほど心配ではなくなりました。そして考えます。春は暑くなっていく季節で、秋は寒くなっていく季節なんだな。だから違う感じがするのか。というか、なんでそのことに気がつかなかったんだろ？　一一歳の秋、わたしは発見したのです。てことは、季節は四個じゃないんだ！　毎日違うんだ！　三六五個あるんだ！　同じクラスのｓにその発見を教えてあげようとしたのですが、失敗しました。「それって、毎日の天気と何が違うの？」というｓの言葉に答えを見つけられないまま、そっと胸の奥にしまっておきました。

それをみなさんに、ここであらためて説明してみようと思います。たとえば秋の「ひんやり」は、ある日突然現れるものではありません。何カ月も続いた暑さに身も心も疲れ果てたころ、夏があと一週間でも続いたら道ばたで泣いてやる、という気分のころ、半泣きで窓を開けたときにふと感じる冷たさが「ひんやり」なのです。同様に、明日のひんやりも、あさってのひんやりも、それぞれ今日と明日の感覚の積み重ねで作られるものです。季節の感覚というのは常に、わたしたちの過ごしてきた日々の結果なのです。言い換えれば、今日のひんやりは、今日だけのものなのです。ああ、どうしましょう。なんだか今回もわたしの説明は失敗に終わったようです。

ｃにはそういう説明はあえてしませんでした。「だよね。不思議だね。どうしてかな？」と言葉を濁しておきました。代わりに、大昔、担任の先生が言っていたとおり、秋の日の光をたっぷり浴びておくようにと伝えました。風がひんやりしている今日、わたしは「毎日の天気と何かが違う」三六五個の季節について考えるため、散歩に出かけようと思います。どうすればわたしの理論をもっとうまく説明できるか思案してみます。みなさんの一番好きな季節は何月何日ですか？　そんなことを考えながら、この秋は日の光をたっぷりと浴びてみてください。

ひんやりした風の前で

イギル・ボラ

深い眠りから目覚め、車のドアを開けて外に出たときのことです。白い霧の中、駐車中の車が何台か目に入ってきました。高速道路のサービスエリアです。伸びをしている人もいれば、足早にトイレに向かっている人もいました。

その瞬間、ひんやりした風が吹いてきました。思わず身をすくめます。母を捜さなければなりません。辺りを見回すと、遠くに母の後ろ姿が見えました。わたしは眼鏡をかけていたのか、それとも、寝起きで眼鏡をかける間もなく外に出たのだったか、あまりよく見えていない状態でした。音声言語で対話する人同士なら「お母さん！　どこ？」と大声で呼ぶこともできたでしょうが、わたしはそういうわけにいきません。母は、音声言語ではなく手話で話すろう者だからです。

気の毒だと思う人もいるでしょうが、コーダにはそんな哀れみに浸っている暇はありません。母の姿を見失わないよう、目で追いつづけなければなりません。もしくは、自分が母の視界に入るよう、周囲を見回して状況を把握し、身体を動かさなければなりません。それが、コーダが世の中を生きていく術なのです。

胸に染み入るひんやりした空気のせいでしょうか、急に一人になったという不安のせいでしょうか。わたしは無我夢中で母の後ろ姿に向かって走っていきました。そして、いきなり母の背中にぎゅっと抱きつきました。いつものように温かい背中でした。

一、二、三。その状態で三秒くらい経ったでしょうか。遠くから耳慣れた声が聞こえてきました。

「ボア！　ボア！」

あれ、おかしいな。間違いなくわたしはお母さんの背中に抱きついているのに、どうしてお母さんの声があっちから聞こえるんだろう。顔を上げてみます。見知らぬ人の顔がそこにありました。声で話す人が、目を丸くしてわたしを見つめています。あちゃー。抱きついていた腕をさっとほどきます。わたしの名を呼ぶ声がまた聞こえてきました。

「ボア！」

顔が真っ赤になりました。頭を下げて謝る余裕もありません。慌てて声のほうへと駆けていきます。早く目の前に母の姿が現れてほしいと、その一心でした。わたしは、両腕を広げ、声の限りにわたしを呼んでいる母の胸に飛び込みました。それはそれは温かく、柔らかな胸でした。

ひんやりした、いや、少し冷たい風が吹いてくると、そのときのことが頭に浮かびます。母を捜したいのに声に出して呼ぶことができなかった戸惑いもよみがえります。すみません、の一言が言えなかった、見ず知らずの人の背中の感触も思い出されます。よく見えなかったけれど、もしかしたらその人はほほ笑みを浮かべてわたしと母のことを見ていたのかもしれません。

母の声に向かって慌てて駆けていったあのときのことを考えてみます。大人になったいまも、恥ずかしさと気まずさに打ち勝ったあのときのように、わたしなりのやり方で日々の戸惑いに打ち勝っていっているのでしょう。

ひやりとさせる猫

チェ・テギュ

一〇月になっても残暑が厳しく閉口していたら、いきなり冬のような寒さになりました。急な冷え込みに真っ先に反応するのは、わが家の猫たちです。猫たちは、人間のベッドはごちゃごちゃして落ち着かないと、自分たちのベッドかキャットタワーで眠ることが多いのですが、ちょっと肌寒いなというころになると、いつの間にか人間のベッドに入って丸くなり、暖房を要求します。床暖房を入れる時期になったということです。床暖房を入れてもらえないと、人間の体温を暖房代わりにします。

二匹の猫のうちトドンイは、モモが死んだあと元気をなくしていたコンスのために連れてきた三代目です。生後すぐ母親を亡くしたトドンイは、動物保護団体でもらい乳をしながら育った、三カ月半になる子猫でした。目が開く前から、犬や猫、活動家たちでにぎわう譲渡センターで暮らしていたので、ほかの猫や人間とどう接すればいいのかをとてもよく知っていました。やんちゃ盛りなので、走り回ったり、隠れたり、じゃれたり、くわえたり、噛みちぎったり、ちょっかいを出したりしたくなります。けれど、そういう気持ちを我慢しなければならないときがあることもすでに知っていて、そのことにわたしはとても驚きました。モモの死を機にこの世のすべてのものが恐ろしくなったコンスがトイレの隅でうずくまっていると、トドンイはいつになく静かにコンスのそばに行き、慰めるように寄り添って座っています。新しいおもちゃを手に入れると、夢中になってくわえたり投げ飛ばしたりしたあと、コンスの前に持っていって一緒に遊ぼうと提案します。なんだかいじらしく思えるほど、社会生活に適応してしまった子猫です。

数日前の深夜三時でした。寝ていたのですが、猫が吐こうとしている音で目が覚めました。グルルグルルと、全身で腹の中の何かを吐き出そうとしている音です。猫の執事にとっては何よりも肝の冷える音です。しかも、大人になった猫の嘔吐の音ではなく、まだ小さな身体が、壊れたベルのように震えている音でした。寝ぼけて聞き違えたのであってほしいと、切に願いました。猫はもともと、毛づくろいの際に飲み込んだ毛の塊をよく吐き出す動物なので、嘔吐自体は自然な行動です。ですが、トドンイのような子猫は自分の身体を舐めることがあまりないので、毛の塊を吐き出すこともほとんどないのです。

わたしはバネのように跳ね起きて、音のするところへ行きました。やはり、夢うつつに聞いたその状況が目の前で起こっていました。トドンイは一度、二度と吐き、一休みして水を少し飲み、また吐きました。夕方まで元気に走り回っていた猫が急に何度も嘔吐するのはたいてい、食べてはいけないものを食べたときです。子猫は好奇心旺盛で、食べてはいけないものもまだわかっていないので、なんでもよく拾い食いします。今回もそうだとしたら、開腹手術をしなければならないかもしれません。

トドンイを猫用キャリーケースに入れ、友人の運営する二四時間対応の動物病院へと走りました。レントゲン撮影の結果、幸い、非常に危険な状況というわけではありませんでした。床暖房を修理した際に落ちた電線のかけらをいくつか口にしたらしく、レントゲン写真に写っていました。それが嘔吐の原因かどうかは、獣医であるわたしも友人も判断がつきません。危険な異物は写っていないのでとりあえず様子を見ることにして、吐き気止めの注射を一本打ってもらい、家に帰ってきました。その日は普段より食べる量が少なく、普段よりよく眠っていました。幸い、次の日にはまた元気いっぱい飛び回る猫に戻っていました。

一緒に暮らしている動物がどこか具合が悪いというサインを送ってくると、肝が冷え、手に汗がにじみます。わたしはそのひやりと肝の冷える感じが本当に苦手なので、もう動物病院は運営できないと思います。永遠に病気にならない動物や、永遠に死なない動物はいません。にもかかわらず、ほかの動物の具合が悪くなると事細かに把握し深く共感してしまう人間という動物は、生老病死という自然な流れをすべて「事件」と捉えてしまうのかもしれません。そんなことなら猫を飼わなければいいのに、また一匹連れてきてしまいました。二度と経験したくはありませんが、この子猫が再び体調を崩す日は、間違いなくやってくるのです。

ひんやり

チェ・テギュ

안녕

アンニョン

雲がどうであれ、アンニョン

キム・ウォニョン

わたしが九歳のとき、祖父が亡くなりました。一九二〇年生まれの祖父は、二〇代半ばだった日本の植民地時代末期、いまでは世界的な観光地として知られる南太平洋のパラオ諸島一帯の南洋群島に連れていかれました。帝国主義が破局へと向かう中、最後のあがきを見せていた当時、五〇〇〇人を超える朝鮮人を強制的に連行したのです。過酷な環境で三年間労役を強いられた祖父は、当時患った呼吸器疾患のため生涯苦労しました※。

母と父、姉や祖母もそれぞれの仕事場や学校に出かけていくと、わたしは病身の祖父と二人で過ごしました。短い期間でしたが、祖父はわたしの主要介助者でした。手足のやせ細った祖父が荒い息をしながら丸いお膳を持って敷居をまたいでくる姿が、いまもありありと目に浮かびます。その時期のある日に関して、わたしには夢のようにおぼろげな記憶が一つあります。

ロボットの登場するアニメがテレビから流れている朝でした。おそらくアニメ映画のビデオをかけていたのでしょう。画面を見ていたわたしはふと振り返って、テレビとは反対側の外の風景に目をやりました。定かではありませんが、秋だったと思います。引き戸が開け放たれていて、空は高かったからです。外には青い空と、その下にいつもの山の尾根が連なっていました。そして、ある尾根と尾根の中間で、カップに入ったソフトクリームのような雲がむくむくと湧き上がり、山と空のあいだを埋めていました。そういう雲が特別珍しい気象現象というわけでもないのに、なぜかその朝、その山と雲の様子にわたしはひどく圧倒され、一〇歳にもならないわたしの胸に大きな穴が開いたのです。

風船の空気が抜けるように、その大きな穴からわたしの心はすっかり抜け出ていきました。ロボットが何段階か変身しているテレビ画面に視線を戻そうともせず、わたしはただその雲をずっと見つめていました。いまでも理解できないその瞬間は、医学的には一種のパニック状態という言葉で説明がつくでしょうか？　わかりません。そのとき祖父がいつものように、朝食を載せたお膳を持ってきて、ぜーぜー言いながら床に下ろすと「ウォニョン、ご飯食べよう」と言いました。わたしはお膳のほうに向き直り、ただ機械のようにご飯を口に運んでいたように思います。泣いたり、わめいたり、恐怖に怯えたり、深い悲しみに沈んだりといった様子は見せていなかったと思います。その状態でご飯を食べながら、目ではずっと雲を見ていたのでしょう。

　祖父は、わたしのおもちゃが壊れると、いつもライターとゴムバンド、セロハンテープだけで、独自の技を駆使して直してくれましたが、口数の多い人ではありませんでした。わたしは普段から祖母とはよく話をしていましたが、祖父とは簡単な言葉しか交わしたことがありませんでした。そんな祖父がその日はわたしにこう言ったのです。

「ウォニョン。雲はいつだって、どんな形にでもなるものだ」

　そしてわたしに、この世にはさまざまな姿をした自然や人間が存在するし、不思議なことも起こるものだ、という趣旨の話をしてくれたように思います。わたしは気持ちが落ち着き、ご飯を食べ終えました。実は、正確に覚えている言葉は「雲はいつだって、どんな形にでもなるものだ」だけで、もしかしたら祖父が口にしたのはその一言だけだったのかもしれません。ですが、祖父の言葉を聞いて、わたしの心に開いた穴が徐々に塞がっていき、安心してご飯を食べられたことだけは、はっきりと覚えています。その朝わたしにとって、雲が、本当に雲が問題だったということを、祖父はどうしてわかったのでしょうか。

それからしばらくして祖父は何度か救急室に運ばれ、家に戻ってきて自室の布団の上で亡くなりました。間もなく息を引き取るというころ、父が言いました。

「ウォニョン、おじいさんにあいさつしなさい」

ほとんど意識はないように見えましたが、大人たちは、耳は最期まで聞こえているはずだから、耳元であいさつしなさいと言います。わたしは祖父のそばでわんわん泣いていましたが、おまえの泣き声を聞いたらおじいさんはますます心を痛めるじゃないか、という大人たちの言葉を理解し、気持ちを落ち着けました。そして祖父の耳元で言いました。

「おじいちゃん、アンニョン」

わたしは、心に穴が開いたあの日について、そして一〇歳にもならない孫が雲の形に動揺していることを察したこの老人について、いつか小説に書きたいと思っています。学校に通えず家で孤立を深めていた子どもが、もはや逃げ場もなく真っ暗な穴に落ちてしまったことに、七〇代の老人はどうやって気づくことができたのでしょうか？　植民地支配と戦争、貧困と慢性疾患に翻弄された人生の終盤で、彼は、高く、大きく、美しいものは時に永遠のごとく深い沼の入り口でもある、という事実を理解する知恵を獲得していたのでしょうか？　彼の差し出してくれた手をつかんで沼から這い出したあの日が、わたしが数十年間学び、運動し、ダンスをし、ものを書き、愛しながら、どうにかこうにか安寧《アンニョン》な人生を生きるようになった、そのスタート地点だったのかもしれません。

読者のみなさんも安寧な日々をお過ごしください。雲はどんな形にもなるものです。この世界は無数の姿でわたしたちの前に現れては消えを繰り返すでしょうが、それでもわたしたちは安寧でいられるはずです。

※ 最近、わたしは祖父について考えることが何度かありました。そこで、国家記録院に保管されている、祖父の強制徴用記録の資料を取り寄せました。資料のコピーを郵送してもらえるサービスです。江原道溟州《ミョンジュ》郡出身のキム・ブニョンという男性が南洋群島に徴用されたという記録を確認することができました。「日帝強占下強制動員被害真相究明委員会」は、二〇〇六年から〇九年にかけての調査によって約五八〇〇人の強制徴用被害を確認し、被害者名簿を作成しました

みなさんのアンニョン

キム・ソヨン

年末になるとカフェや通りで必ず一度は耳にする曲があります。「オールド・ラング・サイン」、韓国では「別れ」や「別れの歌」などのタイトルで知られる曲です〈日本では「蛍の光」〉。

「長らくともに過ごした親愛なる友よ。ここが別れ路なのか、どうしても行かねばならぬのか」

わたしは子どものころから、この歌が好きではありませんでした。正確に言うと、不安になっていました。聞くたびに、どうしようもなく涙があふれてきたからです。歌詞もメロディーもとても悲しくて、胸が張り裂けそうでした。声に出して歌わなければならないときは、本当に困ったものです。当時ほどではありませんが、いまもこの曲があまり好きではありません。「長らくともに過ごした」だなんて、ただ物理的に離れ離れになるのではなく、これきり関係が終わってしまうということですよね。なんて悲しい歌なんでしょう。

別れを喜ぶ人はそういないと思います。相手が誰であれ、またはなんであれ、別れるというのは、それまでは一緒に過ごしていたという意味です。別れは、自分の一部が引き剝がされることです。つらいですよね。別れの瞬間とは、ある日々が過ぎ去ったという事実に直面するときです。自分たちに与えられた時間には限りがあることを認めなければならない瞬間です。不安ですよね。

年末の歌にさえ涙を流す子どもだったので、これまで経験してきた大小さまざまな別れのうち、平穏なものなど一つもありませんでした。転校や卒業、引っ越しなどで友だちと別れるとき、親しくしていた人との縁が尽きたことを知ったとき、数年間、一日の大半を過ごしていた勤め先を去るとき。わたしはいつも過剰なくらい苦しんでいました。

そんなわたしが言うのもおかしいですが、実は、別れは良いものだと思っています。別れるべくして別れる、辞めるべくして辞める、去るべくして去るものなのだと。葛藤を解決する最後の手段として、人は別れを選択します。別れることもできず関係を維持していくことのほうが苦しかったりもします。たとえば、仕事との関係を一新したいときは退職を決めます。責任や不満に押しつぶされて自暴自棄になる代わりに、自分自身に新しいチャンスを与えるのです。ある場所から去るからといって、自分が消えてなくなるわけではありません。自分は別のところに存在しています。別れとは、この扉を閉じて、別の扉を開けることです。何かに悲しみながらも、同時に、喜ぶこともできるものだとわたしは考えます。

冬は、子どもが別れを学ぶ時です。一年をともに過ごした友だち、先生と別れます。どうせまた学校で顔を合わせるのだからどうってことないという子もいるでしょうが、わたしのように必死で涙を隠している子も、どこかにはいるはずです。

実はこの秋、個人的な理由で読書教室の運営をしばらく休んでいました。知らせを聞いた子どもたちは「春にはまた会えるんでしょ？　絶対だよね？」「わたしを忘れないでね！」と残念がりつつも、憎らしいほどあっさりと別れを受け入れていました。ところが、わたしの読書教室で一番口数の少ないuは、最後のあいさつをするとき、わたしと目を合わせようとしませんでした。その様子を見ているとわたしまで泣きそうになり、慌てて言いました。

「先生はずっとここにいるからね。近くを通りかかったとき『あ、あそこに読書教室があるなー』って思っておいたらいい。いいことでも、悔しいことでも、何か先生に話したいことがあったら、ここに来てもいいから。大人の力が必要なのに何か事情があってお母さんやお父さんには言いにくい、ってことも、もしかしたら、もしかしたらあるかもしれないでしょ？　そんなときは先生も相談相手の候補に入れてちょうだい。先生はずっと元気でいるからね」

その日わたしは、別れのあいさつがどうして「安寧《アンニョン》」なのか、知りました。わたしたちは、別れたあとも互いが元気でいることを願います。「安寧」を交わしながら、自分も元気でいようと誓うのです。安寧な日常を願うのです。

日常のエピソードを交えていろいろなお話をしてきました。つまらない話も真面目な話もありましたが、常に、読んでくださるみなさんを思い浮かべながら書き、語りかけていました。この文章もそんな気持ちで書いています。ここまで読んでくださったみなさんに感謝申し上げます。次に会うときには、みなさんの物語を聞いてみたいです。みなさんのコーヒー、靴下、ゆらゆらについて、みなさんの朝について聞いてみたいです。どうか「安寧」に過ごされますように。わたしも元気でいます。みなさんもわたしも、安寧な日々を。

手と口で歌うアンニョン

イギル・ボラ

小学校の卒業式を間近に控えたころでした。担任の先生が、歌詞の書いてある一枚の紙を配りながら言いました。卒業式のときに歌う歌だと。

どんな歌だろうと首を傾げていると、みんなで聴いてみましょうと言って先生はＣＤケースを取り出しました。デスクトップパソコンにＣＤをセットし、再生ボタンを押します。

前奏が流れだします。誰かが「プッ」と吹き出したような気もします。

初めて会ったあの日、ぎこちない表情で
交わす言葉もよそよそしかったけれど

こんな歌詞で始まる、バンド「015B《コンイルオービー》」の「もうさよなら」という曲でした。

ヨン〈0はヨンとも読む〉、イル、オー、ビー？　コン、イル、なんだって？

六年一組の子どもたちは「で、この歌がどうだっていうの？」という顔をしていましたが、先生は誰よりも真剣に、軽く目を閉じて音楽を鑑賞していました。

わたしたちがなんの感動も覚えなかった理由は、まさに世代の違いでした。この曲が発表されたのは一九九一年で、わたしたちが生まれたのはその前年の一九九〇年です。一二歳になる年に二〇〇二ＦＩＦＡワールドカップが開催され、赤いＴシャツを着て応援歌を歌い、そのころ普及したインターネットを習得したデジタル世代です。文字どおり新世代でしたが、先生の言うことには実に素直に従う子どもたちでもありました。つべこべ言わず、歌を歌うことにしました。

パートに分かれて曲を聴き、曲に合わせて歌いました。日々練習を重ねるあいだにも、永遠に同じクラスのような気がしていた友人たちが一人、二人と別々の中学に割り振られていきました。

ついに卒業式の舞台に立つ日がやってきました。担任の先生はピアノの前に座って前奏を弾きながら、歌の出だしを目で合図してくれました。二フレーズ目を歌っていたころでしょうか。

「時がわたしたちを再び出会わせてくれるよね」という歌詞の辺りだったでしょうか。それとも曲の最後の部分を合唱していたときでしょうか。誰かの涙ぐんだ声が聞こえてきたのです。歌詞を忘れないよう集中していたわたしの目が泳ぎます。隣の友人も動揺しているようです。あちこちで声を詰まらせています。周りを見回してみると、みんながすすり泣いていました。

でも伴奏は止まりません。練習したとおり、最後まで歌い通さなければなりません。

さよならは永遠の別れじゃないよね
再び出会うための約束なのさ

当時はそれがどういう意味かわかりませんでした。大人の言葉のように聞こえました。「先生はどうして自分の好きな歌をわたしたちに歌わせるんだろう」と文句を言っていたような気もします。

ところが、ちょうどいまくらいの時期になると、この歌が思い出されるのです。一年を締めくくり新たな年を迎えるころになると、よく歌詞を口ずさみます。そして音源ストリーミングサイトでタイトルを検索し、再生ボタンを押します。かつての担任の先生と同じように、目を閉じます。当時は理解できなかった歌詞が一つひとつ耳に入ってきます。一緒に歌っていた友だちの顔や、ピアノを弾いていた先生の表情、あのときの空気がよみがえってきます。

そこには母と父もいました。口を開けて歌っていたかと思うと急に目を真っ赤にし、涙と鼻水をしきりにぬぐっているわたしたちを見て、ろう者である両親は何を思ったでしょうか？一人が泣きはじめると、つられて全員が泣きだしたその光景を、理解したでしょうか？「さよなら《アンニョン》」と言っているらしき娘の口の形を見て、笑みを浮かべたでしょうか？

それがどういう歌なのか、母と父は正確には理解できなかったと思いますが、別れを告げて新たなスタートラインに立つわたしたちを、両腕を広げて応援してくれていたはずです。ほかの人たちとはちょっと違う、自分たちのやり方で。生涯忘れることのない歌と思い出をプレゼントしてくれた先生や、ピンとこない歌詞を必死で覚えた当時の友人たち、わたしたちの音楽を目で、身体で聴いてくれた両親のことを考えます。みんなの安寧《アンニョン》を願いながら歌います。

アンニョン、愛しきわが友よ

チェ・テギュ

猫のモモに初めて出会った日のことを覚えています。明け方、ある酔っ払いが、ぶらぶらと手に持って歩いていた子猫を地面に下ろし、用を足しにいきました。その様子を見ていたわたしのパートナーは、隙を見てモモを素早く胸元に隠し、盗んできました。酔っ払いがどうして子猫を手にしていたのかはわかりませんが、明け方に酒に酔って猫を連れ歩いている人が良い執事になる可能性は低いでしょう。

あまりに幼くて何に警戒すべきかも知らなかった子猫は、夏の明け方の薄闇の中、おそらく一度も経験したことがなかったであろう「部屋の中」へと足を踏み入れました。わたしはパートナーに、血糖値が下がっているかもしれないので、つぶしたゆで卵を少し与え、浅い器に水を入れてやるようにとアドバイスしました。世界がどういうところかなんてどうでもいいモモは、生まれてひと月ほど路上で生きてきた猫らしく、布団や椅子、水の入った器、人間の手足といったものをひとしきり探究したあと、ほどなく眠りに落ちました。ほかの猫や人間とあいさつする方法を学んだことのない猫にとって「アンニョン」は、ゆで卵のおいしさや人間の優しい手を感じる、一瞬の感情でした。モモとの初対面のあいさつは、そんなふうに突然に、ドタバタと、あっという間に終わりました。

一日に一二回眠れば、一日に一二回も新しい日を迎えることになります。目覚めると好きな人間がそばにいて、人間のいないときに目覚めたらその人間を待ちながら遊ぶ、というのが幼いモモの日課でした。その人間が門を開けて入ってくると、幼いモモは駆け寄っていき、靴下という布で覆われた人間の足をカミカミしてあいさつします。過激なあいさつはあまり喜ばれないとわかるようになったのは、猫にとっては中年にあたる五、六歳になってからだったと思います。モモは大人になるにつれて、わざともったいぶって横目であいさつするようになり、時には顔も上げずに尻尾と後頭部だけで「アンニョン」と言う方法を覚えました。もちろんそれは、器にご飯がたっぷり入っていて、特に困っていることがないときだけです。わたしが一日以上留守にしたあと再会した日には、玄関まで出てきて、たまった話をニャオニャオと並べ立てます。うれしい気持ちと責める気持ちが入り混じったあいさつだったのでしょう。

「ちょっと人間、猫だけ家に残して出かけるなんて、どういうつもり？　ご飯をたっぷり入れておいたから大丈夫とか、そんな問題じゃないでしょ、人間！　頭からお尻まで念入りにマッサージして、あごも丁寧に撫でてくれないと、あたしはぐっすり眠れないんだから。人間のおなかに『ふみふみ』もしないと、気持ちが落ち着かないんだから。やっと帰ってきてくれて、よかった。ああ、よかった。また会えてうれしい」

別れては再会するという生活リズムにすっかり慣れたわたしたちは、互いにあいさつを交わすタイミングも把握していきました。いつごろ寝ていつごろ起きるのか、いちいち予想しているわけではありませんが、猫であれ人間であれ、寝るはずの時間に寝なかったり、起きるはずの時間に起きなかったりすると、相手をじっと見つめるようになります。そして予想の時間から大きく外れると忠告を始めます。

「今日はどうなってるの？　ちょっと困るんだけど。一緒にベッドに行く時間でしょ」

ともに過ごす時間が長くなるにつれ、かなり複雑な話もできるようになりました。音声による対話というより、まなざしや表情、仕草などによる意思疎通です。猫と人間はこんなにも話ができるものなのかと驚くほどでした。

高齢になったモモが体調を崩しはじめた日も、モモはわたしに話してくれました。

「あたし、すごく具合が悪いんだけど。苦しいし、どうしていいかわからない。ちょっとなんとかしてちょうだい」

どこの具合が悪いのかまでは伝えられませんでしたが、何しろ猫なので、具合が悪いと教えてくれただけでもありがたいです。何日か病院に通っているあいだ、モモは、いままで口にしたことのない悪態をここぞとばかりについていました。

「やめて！　もうやめて！　ここ嫌い！」

モモともう少し一緒に暮らしたいという欲が出て、やめてくれと言うモモを連れて病院に通った数日は、本当に申し訳なかったです。もはや手の施しようのない状態だと自分でわかっていたわけではないでしょうが、数日するとモモはもう話をしてくれなくなりました。永遠の別れをするときになってモモが話せなくなったのは、互いにとって本当に残念なことでした。

旅立ちのときに笑顔で「アンニョン」とあいさつができるのは、どれほど幸運なことでしょう。たとえ二度と会えなくなるとしても、最後のあいさつは落ち着いて、気丈に交わしたいと思います。アンニョン、愛しきわが友よ。

「静かに流れる時間」

キム・ソヨン

わたしは腕時計が好きです。長針と短針のある時計、円の中に1から12までの数字を、飾り立てずシンプルに配してある時計が好きです。スマートフォンべったりの生活をするようになり、腕時計のことを忘れて生きていたこともあります。でもすぐに「アナログ時計」に戻ってきました。スマートウォッチも、犬の「ソルタンイ」と散歩するときしか使いません。それも、時計の針が鮮明に表示されるアナログ時計風のものを選んでいます。とにかく一番好きなのは、本物の針のある、本物の時計です。「いま何時か」よりも「一日がどれくらい過ぎたか」を目で確認するのが好きなのです。デジタル表示よりも、時計の針が「午前一一時三〇分」を指しているほうが、お昼ご飯の時間まであとどのくらい待てばいいか、直感的にわかります。そういうときは、時間を量的に計っている気がします。目に見えない「時間」がはっきりと目に見えるということです。

読書教室で子どもと接しているうちに、時間を計る新たな方法を発見しました。子どもが一週間のあいだにどれくらい大きくなったか、目で確認するというものです。数年間見てきた結果、個人差はありますが、誰にでも「すくすく」と音がしそうなほど成長する時期がありま す。ドアを開けると、先週より背の伸びた、ふっくらした、肩幅の広くなった子どもがそこに立っています。たまたま授業を一回休み、二週間ぶりに顔を合わせた日などは、こらえきれず口に出してしまいます。

「まあまあ、こんなに大きくなっちゃって」

子どもたちはちょっと照れくさそうに「最近背が伸びてるんだよ」「ちょっと太ったんだ」「だんだんお母さんに似てきてるって言われます」と答えます。成長しているということを自分でも認識しているようです。その姿はとてもほほ笑ましく、わたし自身はちょっと寂しくなります。

高校生になってもたまに教室を訪ねてくるｔに初めて会ったのは、彼女が八歳のときでした。当時ｔの家族は週末になると野へ山へと、よく遊びにいっていました。お母さんは、おばあさんの畑の中を歩いているｔや、観光地でぎこちなくピースサインをしているｔの写真をわたしにもときどき送ってくれました。わたしはそのときの写真をいまも大事に持っています。たまに見返すと、こんなことは本当に言いたくないのですが、「わたしも歳をとるわけだ」と感じます。

みんなと同じように制服の丈を短くし身幅を詰めて着ているtが、読書教室の本棚から童話の本を抜き出して「あ、これ、昔すごく好きだった本だ。追憶がよみがえるなあ」などと言うと、わたしはまた心の中で「昔だなんて……。わたしはまるで昨日のことのように覚えているのに」と、ちょっと恨めしくなります。若い人ほど、「去年」「昨夏」といった近い過去のことに「追憶」という言葉をよく使います。

けれど、tにそんな野暮ったいことは言いません。わたしはtのお母さんより年上です。わざわざお母さんと比べるまでもなく、中高生にとってわたしはかなり年配の人間なのです。時とともに子どもが成長していくのはとてもうれしいことですが、同じだけの時間がわたしにも流れているというのは、なかなか実感が湧きません。

わたしもたったいま使いましたが、よく、時間のことを「流れる」と表現します。過ぎ去った時間は戻ってこず、次の時間がどんどんやってくるからでしょう。川の流れと似ています。ところでわたしは、おもに体調が悪くてつらいときに、「時間は流れる」ものだと自分を慰めていた気がします。時間は薬だ、いずれすべて過ぎ去る、時が解決してくれる……。実際、そういうときは、ただ流れるのではなく、「早く」流れてほしいと願っていました。たとえば三年ほど、いや、いっそ二〇年ほど一瞬で流れてくれないかなと。一番の願いは、早くおばあさんになること。いや、いっそのこと早く……。そんなことを考えている途中、はっと我に返ることもありました。

最近は、夫とソルタンイと一緒にのんびり散歩している途中、ふと、このままずっと時が流れなければいいのにと思うこともあります。夫がソルタンイを見て目尻にしわを寄せて笑っているとき、ソルタンイが夢の中でどこへ行っているのか眠ったままませっせと脚を動かしているとき、わたしはその様子を永遠に見ていたいと思います。一分、三〇秒、五秒でもいいから長く。かつて、時が早く流れてほしいと願っていたことが悔やまれます。

先日、急に自分の年齢を自覚してなぜか大きな衝撃を受け、「賢い歳のとり方」や「老年期の頭脳発達」に関する本をどっさり買い込んできました。「シニアの生活」をテーマにした本をひとしきり読んでいたのですが、どうもおかしいなと思って調べてみると、著者はわたしより若い人でした。わたしは意気消沈しました。

友人たちのことを思うと、さらに気持ちが焦りました。会社役員になった友人をうらやましく思いました。わたしは会社勤めをしていたころなかなか昇進できず、年齢のわりに地味な肩書のまま会社員生活を終えていたのです。新しい分野にチャレンジして成功を収めた友人たちもいます。あの職業からその職業へどうやって転身できたんだろう？　何より、子どものいる友人たちが一番すごいと思いました。わたしなんて自分一人のことで精一杯なのに、どうやって自分以外の人間を一人、二人と、いや三人も産んで育てられたんだろう？　わたしは、自分が時間を浪費しているように感じました。時間を「薬」にする人もいるというのに。

でも、子どもが成長していく様子を見ながら、もしかしたら時間は流れるだけではないのかもしれない、と考えてみています。時間は、子どもの心と身体に記録されていくからです。自分自身についてはわからなくても、子どもを見ているとわかるのです。一日一日が積み重なって今日のその子になっている、ということが。一〇歳の子どもをよく見てみると、そこには九歳、六歳、四歳の子どもがいます。顔や身体に、そして心に、成長の過程が刻まれているのです。時間は、一秒残らず、子どもを作り上げるのに使われます。時間は積み重なっていきます。きっとわたしにも同じことが言えるのでしょう。

時間の流れの中でわたしの身体が経験してきたことを思い返してみます。子どものころ、跳び箱が嫌いでした。跳び箱の上に座ってしまうのではないかと不安だったのです。実際に何度か座ってしまったのですが、お尻は痛いし、とても恥ずかしい思いをしました。またあんなふうになるんじゃないかと緊張するあまり、踏み切り板まで踏み損ねることがたびたびありました。でも、練習の末、ついに飛び越えてやりました。鉄棒で一回転するのは結局できないままでしたが。

クラスの子たちがふざけていて、その拍子にわたしが転んで眼鏡のレンズが割れたことがあります。病院の救急室で、目の下に刺さったレンズの破片を取り除いてもらいました。長くかかりましたが、その傷跡は消えました。高校生のときは学校で、階段の最後の一段を踏み外し、左足首を痛めました。会社帰りの地下鉄の駅でも同じことをやらかして、しばらく整形外科のお世話になっていました。何日か前にも夜の散歩中にまったく同じ失敗をしました。いまこれを書いているわたしの左足首には包帯が巻かれています。

心にも時間の痕跡が残っています。この本に書いたわたしの日常は、すべてその結果です。苦しんだり、喜んだり、驚いたり、安心したり、心配したり、楽しんだりしながら紡いでいく日常は、流れ去った時間が作ってくれた、わたしだけのものです。時間は流れ、積み重なっていきます。そして川に雨が降るように、時間は戻ってくることもあります。わたしはｊのおかげでその事実に気づきました。ｊはｋの娘です。

わたしとkは小学三年生の夏、聖堂〈カトリックの教会〉の初聖体拝領〈子どもが正式なカトリック教徒になるための儀式〉の教室で初めて出会いました。転校してきたばかりのわたしは知り合いもおらず、もじもじしていたのですが、優しくて物静かなkが、そんなわたしを友だちとして快く受け入れてくれました。kは、わたしが聞かせてあげる漫画本の話が好きでした。自分で読むより、わたしから聞くほうがずっとおもしろいと言っていました。わたしたちはいつも一緒でした。別々の高校に割り振られた〈加熱する受験戦争の緩和のため一九七四年に導入された高校平準化政策により、原則として高校は入学試験なしに居住学区の学校に割り振られる〉あとも、週に一度は必ず会っていました。大人になってからは一緒にお酒を飲むこともありました。お互いの仕事や恋愛の話に適当に口を出しつつ、そのうち二人とも結婚したあとは、誕生日にだけかろうじて連絡を取り合う関係になりました。それでも、わたしにとってkはいまでも「子どものときから友だちだった」友だちなのです。

そんなkと数年ぶりに会いました。地元の図書館でわたしの講演があるというチラシを見て、kが連絡してきたのです。わたしはkに、絶対に聴きにきてくれるなと、重々念を押しておきました。わたしのことを知り尽くしている友人に、壇上でもっともらしい話をしている自分の姿を見られるなんて、考えただけでもめまいがします。その代わり、講演が終わったあと、わたしがkの家を訪ねることにしました。

初めて会ったときと同じく、夏でした。わたしたちは、まるでその日の朝まで日々をともに過ごしてきたかのように打ち解けて話をしました。わたしの知らないあいだにkは大病を患っていたと言います。二人の目から涙があふれそうになっていたとき、jが帰ってきました。わたしは、よちよち歩きを始めたころのjを見たことがあります。もちろん、子どもたちがそういう話を好まないのはよく知っているので、初めて会ったかのようにあいさつをしました。

「こんにちは。お母さんの友だちのキム・ソヨンと言います。急にお邪魔しちゃってごめんね」

するとjはこう言いました。

「こんにちは。わたしは◯◯小学校三年◯組のjです」

そしてわたしたちは握手を交わしました。握手を。手を握ってjの顔を見ていると、胸がいっぱいになりました。わたしは、友人を作り上げてきたすべてのものが彼女の娘の中にあることに気づきました。つまり、その子の中に、わたしの知っている時間も存在しているのです。流れ去った時間、積み重なってきた時間が、jの姿をしていたのです。その夜わたしの話を聞いた夫は「それでどんな気分だったの?」と聞きました。わたしはこう答えました。

「光栄だった」

わたしは、すべての人が、そんなふうに時間でできていると考えます。一人の人間の中には、とてつもなく長い時間が入っています。その時間を思うと、すべての人を尊重せずにはいられません。互いに助け合い、大事にするのは当然のことなのです。たとえ好きになれない相手だとしても。

子どもの存在がなければ、わたしは時間の流れなんて考えてみなかったかもしれません。何かを成し遂げた誇らしさや成し遂げられなかった悔しさもなく、今日のことだけを考えて生きていたでしょう。言い換えれば、社会に子どもの存在があってこそ、反省も、努力も、発展もあるということです。子どものおかげで、わたしたちは時間をはっきりと目で見ることができます。希望も見ることができます。わたしが子どもの話が好きなのは、そのためなのです。

『日常の言葉たち』訳者あとがき

本書は、キム・ウォニョン、キム・ソヨン、イギル・ボラ、チェ・テギュという、背景も活動分野も異なる四人によるエッセイ集である。始まりは、あるラジオ放送局のポッドキャストプロジェクトだった。担当者が二週間に一度、身近な「言葉」（キーワード）を提示すると、四人が各自その言葉から浮かんだ考えを録音し、それをポッドキャストで配信するというものだ。プロジェクトで提示された言葉は全部で一六個。コーヒー、靴下、テレビ、本、といった日常に存在する物のほか、ゆらゆら、ひそひそ、待つこと、ひんやり、など、状態や様子を表す言葉もある。配信後、話した内容を各自が原稿にまとめ、それを一冊の本にしたのが本書だ。一六のキーワードで四人が綴った計六四のエッセイは「繰り返されるリズム」「ささやく物たち」「動く心」「静かに流れる時間」の四つのテーマに分類して収録され、各テーマにつき一本の「まとめ」的なエッセイも加えられている。ちなみに、このポッドキャストには、ろう者である両親にも内容がわかるよう手話通訳付きで配信してほしいというイギル・ボラさんの提案により、すべての回で手話通訳の映像がつけられた。これは、韓国初の試みだという。

四人の著者について紹介しよう。一九八二年生まれのキム・ウォニョンさんは、生まれつき骨が折れやすい骨形成不全症という難病のため、歩くことができない。そのため小学校には通えず、幼いころは家と病院だけで過ごしていた。一四歳のとき、親元を離れて特別支援学校の中等部に入学、入寮し、車椅子を使いはじめる。その後、一般の高校、ソウル大学社会科学部社会学科を経て同大学ロースクールに進学。弁護士の資格を取得したあとは国家人権委員会で働いた。現在はおもにダンスや演劇など身体を使って表現するパフォーマー、作家としての活動に力を入れている。「大韓民国障害者国際舞踊祭（ＫＩＡＤＡ）」をはじめ、国内でも数多くのステージでダンスや演劇を披露しているほか、ヨーロッパの複数のダンスフェスティバルに招待されるなど世界を舞台に活動している。著書に、自伝的エッセイ『希望ではなく欲望』（クオン／牧野美加訳）、人間の尊厳や美しさについて論じた『だれも私たちに「失格の烙印」を押すことはできない』（小学館／五十嵐真希訳）、障害とテクノロジーのより良い関係を模索する『サイボーグになる』（キム・チョヨプとの共著／岩波書店／牧野美加訳）、短編小説『わたしたちのクライミング』（未邦訳）などがある。二〇二三年秋には初の来日トークイベントも行い、日本の読者と交流した。

　キム・ソヨンさんは梨花《イファ》女子大学国語国文学科卒業後、複数の出版社で児童書の編集者として十数年働いたのち、二〇一三年から子どもの読書教室を運営している。おおむね小学校二年生以上の子どもを対象に、「子どもを『生涯本を読む人』に育てる」「読むことを恐れない大人になるよう『読む筋肉』をつける」を目標に、おもにマンツーマンで授業を行う。著書に『児童書の読み方』『話す読書法』（未邦訳）などがあり、子どもたちとのエピソードを集めたエッセイ『子どもという世界』（かんき出版／オ・ヨンア訳）は日本でも翻訳出版されている。

　一九九〇年生まれのイギル・ボラさんは、ろう者の両親のもとで生まれ育った「コーダ（ＣＯＤＡ）」（Children of Deaf Adults）で、現在「CODA KOREA」の代表を務めている。高校一年のときアジア八カ国を八カ月かけて旅したのち学校には戻らず、数年後あらためて韓国芸術総合学校の放送映像科に入学。卒業作品として制作したドキュメンタリー「きらめく拍手の音」は、ろう者の両親の日常を娘の目線で捉えた作品で、第一五回障害者映画祭大賞など複数の賞を受賞した。同名のエッセイは日本でも翻訳出版されている（リトル・モア／矢澤浩子訳）。続いて監督したドキュメンタリー「記憶の戦争」では、ベトナム戦争中の民間人虐殺事件に迫った。この二つの映画は日本でも上映され、トークイベントも開かれた。著書はほかにも『あなたに続いて話す』『やってみないとわからないから』『苦痛に共感するという錯覚』（いずれも未邦訳）などがある。本書で言及されている「日本人パートナー」とは二〇二三年九月、ソウルで結婚式を挙げた。式では、イギル・ボラさんの母語である手話を第一言語として使用し、通訳士がそれを韓国語、日本語の音声言語に通訳したという。

子どものころから動物が好きだったというチェ・テギュさんは、大学卒業後、家畜を診療する動物病院で十数年間、獣医として働いた。本書に登場する「飼育熊」の問題に触れたのを機に、大学時代から興味のあった動物福祉を学ぶためイギリスのエディンバラ大学に留学した。飼育熊とは、胆のうを採取するために飼育される熊を指す。薬としての胆のうのニーズは衰退したが、殺すわけにも放すわけにもいかず漫然と飼育されている熊が、いまも全国に三〇〇頭以上いるという。イギリスから帰国後、劣悪な環境で暮らす飼育熊のため「熊の巣プロジェクト（Project Moon Bear）」を二〇一八年に立ち上げた。現在はプロジェクトの代表として、獣医や訓練士、弁護士、アーティストらとともに活動している。飼育熊を救助し、より良い環境で暮らせる保護施設を建設、運営するのが目標だ。また、ソウル大学の博士課程で動物福祉を研究するかたわら、大学で動物福祉に関する講義もしている。著書に『動物が健康であってこそ、わたしも健康でいられるって？』『動物の胸の中で』（ともに共著、未邦訳）などがある。

このような個性豊かな著者四人の視点を通して見ることで、ありふれた「日常の言葉たち」から実にバラエティーに富んだ物語が紡ぎ出されている。新たな気づきとともに視野を大きく広げてくれる一冊だ。本書でキム・ウォニョンさんが提案しているように、読んだ人も一六の言葉で物語を綴ってみるとおもしろいだろう。平凡な日常から、思いもよらぬ発見が得られるはずだ。

最後に、訳文を丁寧に点検しアドバイスしてくれたキム・ジョンさん、刊行までの道のりを導いてくれた編集者の小谷輝之さんをはじめ、この本の刊行に尽力してくださったすべての方に心から感謝申し上げる。

二〇二三年冬　　牧野美加

訳者プロフィール

牧野美加（まきの・みか）

1968年、大阪生まれ。釜慶大学言語教育院で韓国語を学んだ後、新聞記事や広報誌の翻訳に携わる。

第1回「日本語で読みたい韓国の本 翻訳コンクール」最優秀賞受賞。

チェ・ウニョン『ショウコの微笑』（共訳、クオン）、チャン・リュジン『仕事の喜びと哀しみ』（クオン）、ジェヨン『書籍修繕という仕事：刻まれた記憶、思い出、物語の守り手として生きる』（原書房）、ファン・ボルム『ようこそ、ヒュナム洞書店へ』（集英社）など訳書多数。

日常の言葉たち

似ているようで違うわたしたちの物語の幕を開ける16の単語

2024年6月10日　第1刷発行

著者　キム・ウォニョン
キム・ソヨン
イギル・ボラ
チェ・テギュ

訳者　牧野美加

発行者　小谷輝之

発行所　葉々社
〒143-0015 東京都大田区大森西6-14-8-103
電話・FAX　03-6695-9986
E-mail　info@youyousha-books.com
URL　https://youyoushabooks.stores.jp

印刷・製本　モリモト印刷株式会社

装丁　大滝奈緒子（blanc graph）

ISBN 978-4-910959-04-7　C0095